爱情发生学

张亦辉——著

中国书籍出版社

图书在版编目（CIP）数据

爱情发生学/张亦辉著. -- 北京：中国书籍出版社, 2022.7
ISBN 978-7-5068-9095-3

Ⅰ.①爱… Ⅱ.①张… Ⅲ.①散文集—中国—当代 Ⅳ.①I267

中国版本图书馆 CIP 数据核字 (2022) 第 120721 号

爱情发生学

张亦辉　著

图书策划	武　斌
责任编辑	成晓春
责任印制	孙马飞　马　芝
出版发行	中国书籍出版社
地　　址	北京市丰台区三路居路 97 号（邮编：100073）
电　　话	（010）52257143（总编室）（010）52257140（发行部）
电子邮箱	eo@chinabp.com.cn
经　　销	全国新华书店
印　　刷	三河市华东印刷有限公司
开　　本	880 毫米 × 1230 毫米　1/32
字　　数	175 千字
印　　张	8.875
版　　次	2022 年 9 月第 1 版
印　　次	2022 年 9 月第 1 次印刷
书　　号	ISBN 978-7-5068-9095-3
定　　价	52.00 元

版权所有　翻印必究

自序：本书的发生

1

柏拉图说过，哲学始于震惊。

爱情，大半也始于震惊。柏拉图式的爱情也不例外。

不期而遇，机缘巧合，爱情的到来，就像奇迹的降临；暗室般的生命，忽然间被拉了灯绳，敞亮无比；封闭如蛹的自我，像蝴蝶一样打开；沉睡的灵魂被唤醒，生命中的生命被激活；孤独的原有的个体，变成了新颖的开放的耦体（巴迪欧所说的"两"）。

契机涌现，灵魂战栗，爱情就这样让一个人脱离日常的烦闷与既定的轨道，像流星一样置身于陌异之境和鲜活之境，置身于德勒兹所言的"域外"。

于是震惊不已。

2

有一天忽然省悟，当我们在谈论爱情的时候，当我们谈论爱情的奇迹、域外与震惊的时候，我们其实是在谈论爱情的发生。

一场完整的爱情，一般会经历几个不同的阶段，爱情发生之后，还有冲突、转折等后续阶段以及最后的完成。

当且仅当在爱情发生的阶段，一个人才会处于惊异、激昂和纯粹的兴奋之中，才会有生命的高峰体验和灵魂的极值状态，才会让一个人站在人间却置身于天堂。而到了后续几个阶段，爱之弧线已然向下弯曲，渐趋平缓，一旦爱情完成或终结，我们差不多就从域外重新返回域内，重新回归日常的流程与生活的惯性之中。

爱情的发生阶段，指一个人遇到爱慕之人，千方百计向对方表达这份爱慕，期待对方的回应并确认。当然，确认的是这份爱慕，是这份情感，而不是婚姻或契约。确认的方式可以是性，也可以是一个微笑，一次握手或一封回信，甚至这样的回应和确认可能是梦幻与主观想象。爱情的发生具体包括相遇、激动、试探、渴望、焦虑、痛苦、表白、确认、极乐等复杂的心理与行为过程，无疑是一场爱情中最迷人最美好的部分（爱情的痛苦也是美好的），也是最活跃最丰赡的部分。发生阶段与后续阶段未必泾渭分明，但性质毕竟不同，一般而言，爱情的发生更多的是心灵反应而不是生理反应，偏于精神而非肉体，偏于情感而非欲望。爱情的发生，意味着一个人的自我发现自我塑造，是唤醒自我刷新自我的天赐良机，发生爱情之时，用诗人兰波的话来说，应该是重新创造之日。创造也好，刷新也罢，都是为了让自己配得上这份爱情，是为了激发对方的回应，是为了让爱情得以发生。所以从发生的角度，我们更易领会和理解爱情的本质、魅力以及它对生命的意义（爱情会给人崇高的创造的力量，让自己同时也让整个世界变得新颖而美好），从而可以批判性地否定那种过于简陋的爱情观：把爱情只看作多巴胺分泌或性欲的释放。所以，咸猪手与性骚扰永远不是爱，也绝对不是爱情的发生。

强调与划分爱情的发生阶段，当然还可以重新考量另一种似乎相反的观点，即传统的浪漫主义的爱情观，它突出爱情的震惊与浪漫，把爱情看作纯粹的邂逅与传奇，倾国倾城，要死要活，一切都为了爱情。浪漫主义爱情观忽略了爱情的追求与蜕变，忽略了爱情的延续与积淀，忽略了两个人一起把偶然的相遇创造建设为必然的命运所付出的心血与努力。也就是说，浪漫主义爱情观，只适用于爱情的发生阶段，却偏离于爱情的后续阶段。

爱情的发生阶段，通常到性就宣告结束。在性之前，你一直在努力在追求在创造，依然有焦虑和不安，精神高度兴奋与紧张，一旦有了性，就像从谜面来到了谜底，就是某种水落石出般的确认或确定了：她是我的人，或我是他的人，两人之间已不再保有陌生或神秘，原先的纠结与压强已经释放和化解。例外甚至反例当然也有，比如本书中《向陌生女人打招呼》所阐释的案例，就是先有了性，再发生爱。但这样的案例毕竟属于少数。我们经常说起的斯德哥尔摩综合征当然不属此例，它是一个人被剥夺自由、被伤害（绑架、性侵）之后的恐惧的产物，是一种应激的本能的心理依赖，与爱没有丝毫关系。

而爱情的完成则以婚姻为标志，到了婚姻阶段，兴奋过渡为平静，感性转换为理性，爱情渐变为亲情，从某种程度上说，把婚姻称为爱情的坟墓其实并不完全是戏言。当然依旧存在先结婚后恋爱的反例。

在上述的基础上，我们可以构建一个爱情的"阶段模型"，即把一场完整的爱情分为：发生、延续、冲突、转折、完成等阶段。有的案例，冲突后说不定就分手了，爱情就以终止的方式宣告结束；有的案例，转折之后柳暗花明，两人又重归于好，甚至有第二次爱的启动与发生（电影《甜蜜蜜》就是如此），直到爱情完成，但与第一次发生相比，毕竟没有那样的强度与势能了（边际效用递减）。还有的案例，可能一帆风顺，发生即完成，开始即结局，相遇相爱即私订终身，没有冲突与转折等中间阶段。这些例外的存在说明的是，模型乃有限的通约，而爱情却无限而多元。

3

与"阶段模型"不同,我们还可提出一个爱情的"状态模型":不管爱情到底有哪几个阶段,也不谈阶段之间的界限,而是从相爱者生命的状态来考量,把爱情分为前后两种状态。爱情发生时,奇迹降临,灵魂战栗,生命处于震惊、激情、焦虑、痛苦、犹疑、渴求等状态,整个人处在感性与浪漫状态,甚至混淆了梦与现实的边界;而爱情发生后,激情的弧线不再高陡,已然渐趋平缓,生命回到较为平静较为理性的日常状态,浪漫主义回归现实主义。可以把爱情的发生状态比拟为流感和瘟疫等疾病,其症候就是心跳加快,脉搏低沉,内分泌紊乱,茶饭不思,辗转反侧;爱情发生后,呼吸平稳,心跳正常,内分泌恢复,疾病消失,生活继续。

4

为了更好地阐释与分析爱情的发生,在上述两个模型的基础上,本书提出了爱情的磁力作用模型。提出这个磁力模型,或许与大学所学的物理专业不无干系,目的就是想让爱情的发生过程变得更具体形象,更可感可触,更易理解与领会。

爱的磁力,偏于情感和精神的力量,是独特的生命基因和天赋,平时沉睡,一旦在对的时间遇到对的人,就会发出爱的磁力，并激发对方也发出相应的磁力，爱情的发生过程，即磁力的相互作用过程。爱情发生之后，磁力消退，慢慢蜕变为欲望之力（性）或亲和力（婚姻）。

爱的磁力，可以击穿身份等世俗障碍，所以有灰姑娘与白马王子的爱情故事；爱的磁力，可以超越生死，电影《生死恋》《第六感生死缘》就是最好的例子；爱的磁力，可以跨越时空，所以会有鸿雁传书的异地恋；爱的磁力，可以超越功利与效率，使爱情既能瞬间发生，震惊生命，贯通魂灵，如一见钟情，又可以持续一生，如《霍乱时期的爱情》；爱的磁力，可以超越现实与梦境，本书中《左耳听到的声音》所谈的爱情就发生于梦中而坠落于现实；爱的磁力，可以超越理性与逻辑，就像蝴蝶效应，一个眼神、一个微笑，就足以引发一场爱的地震，而两个看似天差地别绝不来电的男女之间，也会奇迹般发生爱情，日剧《101次求婚》就是这方面的绝佳案例；爱的磁力，可以超越双向模式，就如本书中《触不到的恋人》中的单恋；爱的磁力，当然也可以超越性别，同性之间的磁力作用，导致同性恋；爱的磁力，还可以突破两人模式，一个人同时向两人甚至多人发射爱的磁力，就形成三角恋或多角恋；爱的磁力，甚至可以超越血缘禁忌，导致不伦之恋；当然，如果一个已婚的人向配偶外的人发射爱的磁力，就形成了婚外恋与出轨现象，就像《安娜卡列尼娜》等案例。

正是在如此多样如此奇妙的磁力作用下，无数的爱情，奇迹般发生了。

本书所谈论的，主要是异性两人间较为常见的磁力作用与爱情发生。这当然不是以偏概全，也没有对其他爱情方式的任何歧视和误解，而是因为爱情领域实在过于浩瀚，恰如春天原野上盛开的繁花，爱情的发生姹紫嫣红五彩缤纷，我只能采撷视野内的上手的那几朵。

5

想写这样一本书的念头由来已久。

我们越来越陷落在一个物质泛滥而精神贫困的时代。走在今天的大街上，我们会遇到水泥的森林与车辆的洪流，遇到花哨的广告牌与艳俗的霓虹灯，遇到猝然发生于眼前的车祸，遇到无数忙碌的身影与凌乱的脚步，遇到那么多面无表情低头看手机的男女，遇到公交或地铁上的拥挤与骚扰，但却很难遇到一场爱情了。

我们正处在网络新媒体时代，传统的商业与市场让人相聚，网购与外卖让人变成了宅男宅女这样的孤单个体，虚拟空间的流量取代了现场的人流，没有促席而谈，只有隔空互怼。我们因空虚而网恋，离开电脑闪烁的屏幕，就直接进入旅馆的房间。我们因寂寞而约炮，只为性，不谈情。年青的一代人，选择单身厌倦婚姻的越来越多。

我们还处在娱乐化时代，一切都变成了娱乐，连爱情也概莫能外，在"非诚勿扰"的舞台上，热衷的是自行车或者宝马而不是爱情。爱情本可让人新生，娱乐却已让人至死。

连我们的影视荧屏上也看不到爱情故事，只看到老总与女秘书的眉来眼去，只看到原配与小三的死去活来。

我们已然置身于莫里亚克所说的"爱的荒漠"：

没有爱情的奇迹，只有输赢与算计；

没有陌异与震惊，只有沮丧与疲惫；

没有灵魂的磁力作用，只有肉体的异性相吸；

没有爱情的发生，只有欲望的兑现。

在这样的时代背景下，在这样的爱的荒漠里，当我们读到经典小说中那一波三折妙至毫巅的爱情传奇，看到优秀影片里那一唱三叹震撼人心的爱情绝唱，慨叹之余，岂能不顿生一种今夕何夕恍如隔世之感？！

所以，特别想重读重看并挑选拈出小说影视作品里那些奇迹般的爱情叙事，去重新发现并描摹爱情发生过程的纯真与美好，去感受爱情发生时的精神活力与情感造化，去捕捉爱情发生时足以照亮世界的灵魂之光与生命华彩。特别想去创作这样一本关于爱情发生的书，并希望能把它打磨成一面本真的爱情铜镜，透过这面镜子，让人们看到庸碌功利的生活中已然缺失了什么，进而明白我们荒芜空虚的生命里应该重新拥有些什么。

有一点可以肯定，不管何时何地，不管南北东西，只要有爱情发生，我们就会有期待，有希望，有活着所需要的光亮。

6

之所以侧重并强调爱情的发生,固然因为这是爱情中最美妙最魅惑的部分,也是最激扬最兴奋的部分,最具复杂性与多样性,最值得我们分享与领悟。另一方面,从发生学的角度分析爱情故事,便于双管齐下,一举两得,在细品爱情是怎么发生的同时,去深入探讨作家的创作是怎么发生的,玄机在何处,秘密有哪些;在阐释和演绎爱情发生的同时,发现和揭橥作品的创造性精髓,展现叙事的魅力与语言的魔力,并指出经典作品的经典性与独创性所在。

从某种意义上说,本书是我近年来对小说与电影的叙事研究的自然延伸与拓展,或者说,是此前的叙述研究与语言研究的实践与应用。

希望读者在阅读本书的时候,不仅得到爱情的陶冶与洗礼,也能得到文学的领悟与艺术的享受。

7

这本书既非传统的爱情心理学或爱情哲学,也不是实用的求爱指南或恋爱秘籍。

之所以杜撰并命名为《爱情发生学》,倒不是想沾学问与学术的光,也不想混迹于任何高头讲章,但我至少想表明,这不是一本通俗读物或消遣之书。

它的形式虽然轻盈活泼，类似自由札记，趋于文学随笔，但它的内容严肃认真，并不含糊，自有其内在的动机与新异的旨趣。无论是研究内容还是方法，它都逸出习见的模式和已有的范型，发人之未发，言人之未言，构建了一个由点到面的独特织体，展现了自己的创见与发现。

8

本书所谈，既有小说，也有影视。本可分为三辑，但由于成书较为仓促，篇幅并不平均，比重也不相同，所以，暂且把这些随笔混编为一册。

所谈的这些爱情案例，大多是写书之前就选择规划好的，也有小量案例是写作过程中临时想到或遇到的。这些案例，数量不算多，样式也有限，但希望它们能够集聚并构筑一个自给自足的爱情发生学框架，拼接并描画一个虽则简约但却简练的爱情发生学谱系。

假以时日，争取进一步补充完善，分别就小说、电影和电视剧中的爱情发生，各撰写一本书。

9

创作这本《爱情发生学》其实也是为了纪念，纪念我和妻子李玮之间的那场爱情。

那场爱情发生在二十世纪八十年代末，发生在松花江畔的一个小城（离萧红的故乡很近），发生在因为我的一篇小说而间接认识的两个陌生人之间，而且就发生在一个星期之内。那可是没有手机没有网络也没有高铁的时代，为了与此前只看过一封信和一张黑白照片（还是与另外三个同学的合影，当然我一下子就猜出了哪个是她）的李玮见面，我从当时所在的连云港出发，穿越了大半个夏季的中国，依次乘坐了长途大巴、渤海湾夜间游轮、绿皮火车以及松花江的江船等各种交通工具（也许就差驿站与马车了），那真是一趟漫长的逶迤的爱情之旅，一趟遥远的从现实穿行到梦境的奇异之旅……曾经听闻过这个爱情故事的少数朋友和学生，无不惊叹于它的传奇和浪漫。而把偶然的传奇铸造成必然的命运之后，在经历了三十多年风雨兼程无怨无悔的婚姻生活之后，倏尔回想当初，回想七天内的经历，我仍觉得那的确仿佛是一个梦、一部电影或一篇小说。

最后，我要把这本书献给妻子李玮，在现实生活中，我从没见过一个比她更果敢更无畏更有爱的能力与担当的人。

2020年暑假，于浙江工商大学

目录
CONTENTS

耳朵怎么变成这个样子了　　001

从围巾到白发　　016

如果你不逼着我吃茄子的话　　037

骷髅颈子上的圣物盒　　057

穿过虚无抓住命运的手　　075

画面左上方的小窗户　　093

向陌生女人打招呼　　117

左耳听见的声音　　134

触不到的恋人　　161

轻盈与迅疾　　170

马尔森达的左手　　173

裙子上的补丁	183
自行车、纽扣与那绺刘海	200
录音会痛吗	218
绝无仅有的情诗	226
春夜里发生了什么	230
求婚词	236

耳朵怎么变成这个样子了

1

《安娜·卡列尼娜》前三分之二左右的篇幅,双线交叉地叙述了两场爱情的发生,一场是列文与吉娣的爱情,另一场,就是安娜·卡列尼娜与伏伦斯基的爱情。

这篇随笔要谈的是后一场爱情。

2

有论者把安娜的爱情,定性为出轨,定性为红杏出墙。并认为小说的题词"申冤在我,我必报应"就是针对安娜而言的,是对她那不伦之恋的报应与惩罚。

安娜经常被认为是一个既魅惑又冷酷的贵族女性形象,她为了爱情可以不顾一切,包括社会伦常,甚至道德底线。

也就是说，她是个爱情至上主义者。

还有论者提出，列文的爱情就像一面健全的镜子，映照出安娜的爱情之畸形与病态。

当然，也有论者强调安娜的人格独立与精神自由，进而把她看成觉醒的女性的代表。

我不想去论断这些论断。但我觉得必须确立一个前提，即：我们面对的是一部伟大的文学经典而不是一个通俗的爱情故事，是文学史上最具魅力的人物形象而不是生活中的一个荡妇，任何简单的臧否与道德的判断，都不免片面乃至表面。

所以在这篇随笔里，我将放弃判断，转向叙述，通过文本细读，去体察去探究这场世界级爱情的发生，并对其偶然中的必然、悖理中的合理，尤其是那无与伦比的诗学魅力，表达自己的领悟与发现。在这个过程中，当然会伴随共情和同情，但我将尽量克服滥情和煽情。

3

安娜与伏伦斯基的初次相遇，有明显的偶然色彩。爱情的发生，似乎总是伴随着偶然性。正是爱情与偶然的形影不离，让爱情超越了烂熟的日常，通向了陌异之境，通向德勒兹所说的"域外"，通向命运与传奇，从而像打开了魔盒一样，为我们的生活打开梦幻般的可能性与复杂性。

安娜的哥哥与家庭教师的私情,把家里搞得"一片混乱",她就坐火车从彼得堡赶到莫斯科,来调解和劝慰自己的嫂子多莉,即列文的恋爱对象吉娣的姐姐。凑巧的是,安娜与伏伦斯基的母亲所乘的是同一列火车,而且坐在同一个车厢的同一个包间,两人还一路聊天,谈论的是各自的儿子。所以,在见到伏伦斯基之前,安娜其实已经"听到"过他。

安娜的哥哥奥勃朗斯基去车站接妹妹,在车站门口的台阶上,遇到了同样去车站接母亲的伏伦斯基,这两人本来就是朋友,奥勃朗斯基知悉伏伦斯基也在与吉娣恋爱,他们俩就有可能成为连襟。他们在车站门口相遇,一边聊着伏伦斯基与列文和吉娣之间复杂的不确定关系,一边向站台走去。

火车进站后,就听到列车员的叫喊声:

"伏伦斯基伯爵夫人在这个车厢!"

所以,先从站台走进车厢的是伏伦斯基。托尔斯泰浓墨重彩地叙述了他与安娜的"初见":

伏伦斯基跟着列车员登上车厢,在入口处站住了,给一位下车的太太让路。伏伦斯基凭他丰富的社交经验,一眼就从这位太太的外表上看出,她是上流社会的妇女。他道歉了一声（译为"道了一声歉"更好些），正要走进车厢，忽然觉得必须再看她一眼（前面已有"一眼"，这里不妨译成"一下"）。那倒不是因为她长得美，也不是因为她整个姿态所显示的风韵和妩媚，而是因为经过他身边时，她那可爱的脸上现出一种异常亲切温柔的神态。他转过身去看她，她也向他回过头来。她那双深藏在浓密睫毛下闪闪发亮的灰色眼睛，友好而关注地盯着他的脸，仿佛在辨认他似的，接着又立刻转向走近来的人群，仿佛在找寻什么人。在这短促的一瞥中，伏伦斯基发现她脸上有一股被压抑着的生气，从她那双亮晶晶的眼睛和笑盈盈的樱唇中掠过，仿佛她身上洋溢着过剩的青春，不由自主地忽而从眼睛的闪光里，忽而从微笑中透露出来。她故意收起眼睛里的光辉，但它违反她的意志，又在她那隐隐约约的笑意中闪烁着。（草婴译，下同）

"人生若只如初见"，两个相爱之人的初次见面恰似惊鸿一瞥，不仅微妙美好，而且对一场爱情来说，往往是决定性的先兆，设若没有这一次见面，或许就不会有后面的爱情故事了。所以，任何一个作家，在这个地方，都一定会下足力气花大功夫去描写去叙述。

托尔斯泰当然也不例外。

4

人们总说托尔斯泰是一个天赋型作家，使用的是没有技巧的技巧，从而常常忽略了他的心血与创造、锤炼与打磨。

在这段关键性的叙述里，我们不妨先来欣赏托尔斯泰精密而强健的叙事逻辑：伏伦斯基看安娜的第一眼，应该是无意识的、匆匆的一瞥，所以他得到的是一个初步的概念式印象，即"上流社会的妇女"；然后，他"忽然觉得必须再看她一眼"，想看第二眼，这本身就说明，第一眼所得到的初步印象与众不同，足够有吸引力，已然触动了他的心，而从叙事逻辑角度来说，必须有这第二眼，才能看得更清，看得更细，也看得更深。但托尔斯泰在这个节骨眼上并没有接着叙述第二眼所见，而是先退回去，用否定式肯定的修辞方式或欲擒故纵的语言技巧，补充描述了第一眼所见：

> 那倒不是因为她长得美，也不是因为她整个姿态所显示的风韵和妩媚，而是因为经过他身边时，她那可爱的脸上现出一种异常亲切温柔的神态。

托尔斯泰在这里使用的都是风韵与妩媚、亲切与温柔等相对现成与常规的词汇，这些熟悉的词汇其实可以用在很多女性身上，属于印象式铺垫式的描述，仿佛绘画时的轮廓勾勒，为第二眼所见打下了基础并预留了空间。

>他转过身去看她,她也向他回过头来。

这句话一石二鸟,既表达了两人同时回头的那种心灵感应与必不可少的生命默契,同时开启了伏伦斯基"多看的那一眼"。

先叙述的是安娜回头看伏伦斯基时的神态与情景,这些描绘生动、别致、微妙,形神兼备,栩栩如在眼前!

然后,才开始叙述伏伦斯基看向安娜的第二眼。托尔斯泰的叙述不再使用任何现成的确定性的词汇,而代之以动态的细致入微的创造性叙述,这些叙述超越了视觉本身,由表及里,离形出神,写出了安娜脸上压抑着的生气,写出了安娜浑身散发出来的过剩般的青春,并最终捕获了转瞬即逝的独属于安娜的生命"光辉",这"光辉"刚要收敛于眼神中,却又闪烁在笑意里。

两人初见的场面写得真是出神入化,完美之极。

无论从叙事的重要性还是叙述的难度系数而言,我觉得这个关键性段落绝不可能一蹴而就,托尔斯泰一定修改过多遍。我们虽然无从猜度托尔斯泰具体是如何创作与打磨的,是感觉与经验作用大,还是理性与思考更多一些,但只要连着读它几遍,即使经过译文的难免的"损耗",我们依然可以察觉叙述的有条不紊与步步为营,不难感知叙事逻辑的严密和表达技巧上的婉曲细致与层层递进。可以想见,为了写好这次初见,托尔斯泰所投入的心血与功力的输出,他一定不会有任何保留。

因为写出这样的初见与相看,写出这样的多看一眼与心灵感应,就拉开了这场旷世爱情的序幕。

我们谁都会觉得,安娜与伏伦斯基之间,接下来一定会有故事要发生。

另外,这段初次相遇的叙述还有一个难能可贵的地方,它不仅超越了静态的肖像描写,而且也超越了常见的男性视角。它不是传统意义上的男性对女性的单方面观看或注视,而是男女之间的相看与互见。

在十九世纪的文学作品与爱情叙事中,这应该是个罕见的特例。

5

由于叙述了高光的诗化的梦幻般的初次见面,由于叙述进入细部使叙事时间自动地暂时停滞了,所以接下来,托尔斯泰就降低了语言的调门,回到生活化的叙事里,也让停滞的叙事时间重新流动向前。

伏伦斯基走进车厢,见到并问候了自己母亲,在母亲身旁坐下来时,听到了包间门外一个女人的声音,正与另一个旅客在说话,他知道就是刚才在车厢门口遇到的那位太太。他听到那位太太说"请您去看看我哥哥来了没有,要是来了叫他到这里来"，说完，那个太太就走进了包间。当母亲问她"找到哥哥了吗？"的时候，伏伦斯基已经明白，这位太太就是奥勃朗斯基的妹妹安娜、彼得堡的政府要员卡列宁的夫人！安娜因为没在站台上看到哥哥，所以又回到了车厢。

"你哥哥就在这儿，（应译为'就在站台'）"他站起来说，"对不起，我刚才没认出您来。说实在的，我们过去见面的时间太短促，您一定不会记得我了。"伏伦斯基一面鞠躬，一面说。

"哦，不，"她说，"我可以说已经认识您了，因为您妈妈一路上尽是跟我谈你的事情。"她说，终于让那股按捺不住的生气从微笑中流露出来。"哥哥我还没见到呢。"

因为已经有车厢口的见面在先，所以两人间的对话自然而然毫不生分。托尔斯泰还不忘呼应了一下前面关于"脸上压抑着的生气"的描绘，呼应中已包含了新的推进："终于让那股按捺不住的生气从微笑中流露出来"！

伏伦斯基的母亲老伯爵夫人就让儿子去把安娜的哥哥找来，伏伦斯基走到站台，大声叫喊奥勃朗斯基的名字，让他"到这儿来"：

但安娜不等哥哥走过来，一看到他，就迈着矫健而又轻盈的步子下了车。等哥哥一走到她面前,她就用一种使伏伦斯基吃惊的果断而优美的动作,左手搂住哥哥脖子,迅速地把他拉到面前,紧紧地吻了吻他的面颊。伏伦斯基目不转睛地瞧着,自己也不知道为什么,一直微笑着。但是一想到母亲在等他,就又回到车厢里。

矫健而又轻盈的步子,亲吻哥哥的果断而优美的动作,在在都展现了安娜的优雅魅力与勃勃生气,所以,伏伦斯基看得"目不转睛",而且"一直微笑着",差一点忘了自己的母亲!

伏伦斯基返回包间,母亲也跟他说"她挺可爱,是不是?",并告诉儿子自己与安娜一路尽是谈天,很是高兴。这是来自母亲这个旁观者对安娜的肯定与称赞。

安娜亲吻哥哥的迷人情景,母亲对安娜的肯定与赞美,对伏伦斯基都很重要,仿佛是对自己的眼光的进一步确证,就好像摄像机换了不同的角度拍摄,让安娜变得更加立体更加完美。

6

安娜见过哥哥后重新走进包间,与老伯爵夫人告别。伯爵夫人让安娜别太想儿子,让她不必太为儿子担心,伯爵夫人还与伏伦斯基解释，安娜因为从没离开过儿子，所以总是不放心。安娜就接过了话头：

"是啊，伯爵夫人同我一路上谈个没完，我谈我的儿子，她谈她的儿子。"安娜说。她的脸上又浮起了微笑，一个对他而发的亲切的微笑。

"我谈我的儿子，她谈她的儿子"，这句话足够暧昧有趣，暗示了安娜虽然刚与伏伦斯基见面，但其实已经知道他了解他。托尔斯泰见缝插针，又一次叙述了安娜的微笑，而且强调："一个对他而发的微笑"！

"这一定使您感到很厌烦吧"，伏伦斯基立刻接住她抛给他的献媚之球，应声说。不过，安娜显然不愿继续用这种腔调（译成"语调"可能更好些）谈下去，就转身对伯爵夫人说……

"安娜不愿继续用这种腔调谈下去"，一方面，她不想让旁人尤其是伯爵夫人感觉她与伏伦斯基之间有什么，另一方面，她也不想让伏伦斯基觉得她太随便太容易接近，她必须适当地端着点，以显示她的自重与高贵。

所以，她没有接伏伦斯基的话头，而是转身对伯爵夫人说：

"我真感谢您。我简直没留意昨天一天是怎么过来的。再见,伯爵夫人。"

"再见,我的朋友,"伯爵夫人回答,"让我吻吻您漂亮的脸。不瞒您说,我这老太婆可真的爱上您了。"

这句话尽管是老一套("是老一套"压缩为"老套"也许更恰当),安娜却显然信以为真(把"显然"换成"愿意"是否更到位),并且感到很高兴。她涨红了脸,微微弯下腰,把面颊凑近伯爵夫人(这里应加上"吻她"两字)的嘴唇,接着又挺直身子,带着荡漾在嘴唇和眼睛之间的微笑,把右手伸给伏伦斯基。伏伦斯基握了握她伸给他的手,安娜也大胆地紧紧握了握他的手。她这样使劲地握手使伏伦斯基觉得高兴。安娜迅速迈开步子走出车厢。她的身段那么丰满,步态却那么轻盈,真使人感到惊奇。

安娜之所以紧紧地回握了伏伦斯基的手,除了缓解刚才端着的姿态,当然也是必要的信号与伏笔,预示着后面将发生的故事与爱情。

托尔斯泰在这里补叙了安娜的丰满,但安娜的丰满绝不仅仅是丰满,而是那么让人"惊奇":她的身段那么丰满,步态却那么轻盈!安娜真像一个美妙的神秘的矛盾体!

7

安娜就像舞台上的主角，而待在车厢里的伯爵夫人与儿子则像观众。所以，安娜走出车厢后，滴水不漏的托尔斯泰一定会叙述一下这两个"观众"的目送与观感：

"她真可爱。"老太婆说。

她的儿子也这样想。伏伦斯基目送着她，直到她那娇娜的身姿看不见为止。伏伦斯基脸上一直挂着微笑。他从窗口看着她走到哥哥面前，拉住他的手，热烈地对他说话。说的显然是同他伏伦斯基不相干的事。这使他感到不快。

伏伦斯基目送安娜离开，母亲对安娜的夸赞让他很受用甚至得意。他的脸上一直挂着"微笑"，但此微笑已非彼微笑，这个持续很久的微笑，显示了伏伦斯基对自己与安娜之间接下来的故事的期待与信心。你看，当他见到安娜与哥哥说话，说的尽是同他无关的事的时候，他感到的已然是"不快"，因为他觉得自己与安娜之间已然生发了秘而不宣的关系，所以，他的不快既是心理上的失落，同时也是情感上的轻微的嫉妒。

当一个人产生这样的不快与嫉妒时，说明他的生命已经发出爱的磁力线，而且他相信，对方身上也发出了同样的磁力线。

伏伦斯基与安娜双手那紧紧一握，无疑就是爱之磁力的隐喻与证据。

8

虽然小说后面有著名的舞会与伏伦斯基赛马坠落时安娜的失态等精彩情节，进一步推动了两人之间的爱情，但其实，爱的种子，在车站的相遇相见多看一眼时已然萌发。

从发生学的角度，安娜与伏伦斯基的爱情隶属于"多看了一眼"的范型。

而开始往往就是结局，车站这一章后面有个细节，甚至已经为这场爱情的悲剧性结局埋下了叙事的包袱。

当安娜与哥哥、伏伦斯基与伯爵夫人一前一后走出站台的时候，车站里突然发生了一场车祸，一个"看路工"（应译为"养路工"），不知是喝醉了酒还是由于严寒蒙住了耳朵，没有听见火车的倒车，竟被轧死在铁轨上了（伏伦斯基当场给死者家人捐了钱，显然是做给安娜看的）。

这几乎是对安娜最后的卧轨自杀的预演！

9

最后，我还想谈一个发生在安娜身上的细节，这个细节确凿无疑地表明安娜心里已经装着伏伦斯基，这个细节是爱情发生的一个绝佳标志。

安娜完成了哥嫂之间那场冷战的调解任务，期间，还发生了安娜惊艳亮相的舞会，正是安娜与伏伦斯基跳舞时的暧昧与默契，让爱着伏伦斯基的吉娣情感崩溃。安娜与伏伦斯基还有多次碰面与聚会，这些碰面一次次推进着两人的关系，两人之间已然产生爱的磁力作用，只是从安娜角度，她还在自我怀疑或犹疑，至少在理智上，还暂时没有承认或接受这样的事实罢了。

安娜从莫斯科坐火车回彼得堡的那天，伏伦斯基也暗地里上了同一列火车，安娜在半路上惊异而又激动地看见了追随而来的伏伦斯基。

火车到彼得堡车站，安娜的丈夫卡列宁来接站：

> 火车在彼得堡一停下来，她下了车，首先引起她注意的就是丈夫的脸。"哎呀，我的天！他的耳朵怎么变成这个样子了？"她望着他那冷冰冰的、一本正经的脸，特别是他那对现在使她感到惊奇的、撑住圆礼帽边缘的大耳朵，心里想。

因为安娜心里已经装着伏伦斯基（虽然她时或犹疑与否认），因为自己的生命里已然发生了奇异爱情（她与卡列宁只有婚姻没有爱），当然还由于同丈夫分别日久，她看到的卡列宁竟然那么陌生，那么异样，就仿佛变了个人，几乎都不像是自己的丈夫了。

　　为什么是耳朵？为什么不是鼻子和嘴巴？这里边其实透露了托尔斯泰独特而微妙的生命体验以及对人性的深刻洞察。我们偶尔照镜子，看着镜中的自己时，对自己的模样会产生一种怀疑和恍惚感，尤其是耳朵，平时不怎么关注它，几乎把它忘在了脑袋两侧，忽然盯着看久了，会莫名地觉得陌生与古怪，那耳朵像是猫的耳朵或马的耳朵，耳轮的形状，它在脑袋两边的奇怪的突起，都会造成一种诧异与不适，我们实在没想到自己会长着这样的器官，我们甚至会对自己感到陌异，深深地觉得自我是一个脆弱的概念，随时有崩塌的可能。如果把自己换成亲人或家人，情况也差不多。相比之下，我们对脸部中央的鼻子与嘴巴等器官相对熟稔，天天呼吸与咀嚼，不太会产生异己感。所以，托尔斯泰一定会去写卡列宁的耳朵，会去写安娜看到这耳朵时的异样感觉。

　　托尔斯泰没有去叙述安娜此刻的复杂内心与紊乱的意识，他只是天才地叙述了安娜眼中一个小小的真切而致命的细节，这个轻若鸿毛的细节，在这场旷世之恋的叙述中，简直有泰山之重：

　　　　"他的耳朵怎么变成这个样子了？"

从围巾到白发

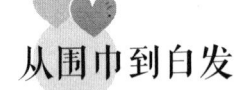

1

在《包法利夫人》中，除了捡马鞭与推开窗户等细节外，福楼拜并没有大张旗鼓地去叙述查理与爱玛的爱情。一个是枯燥木讷如洗衣板的已婚庸医，一个是爱幻想的农庄少女，这样的两个人之间，似乎也发生不了什么波澜壮阔的爱情。这部小说的重心自然是爱玛婚后的空虚与出轨。

仿佛是一种补偿，福楼拜在另一部长篇里，放开了手脚，浓墨重彩地叙述了爱情的发生，顾名思义，这部长篇叫《情感教育》。

2

《情感教育》有个副标题："一个年轻人的故事"。小说从弗雷德里克中学毕业那年暑假开始写起，写他回家探亲，继承遗产，写他读大学的经历，写他与同学的关系，写他在巴黎与故乡之间的穿梭，写他的整个青年时期的生涯。

当然，这部长篇主要叙述的是弗雷德里克的情感历程。从中学毕业那年暑假，在塞纳河轮船上第一次遇到并爱上阿尔努夫人起，整部长篇其实一直在写他对阿尔努夫人的追求，中间穿插了弗雷德里克与其他女性的情感纠葛，但直到小说结束，弗雷德里克与阿尔努夫人的爱情也没有修成正果，至少他们俩到最后也没发生性爱。小说的结尾，很多年过去，沧桑变幻，阿尔努夫人第一次主动来到弗雷德里克家，剪了一束白发（初见时的黑发已消失在岁月的深处），给弗雷德里克作纪念，算是对这场爱情的确认。在这个意义上，两人之间的这场马拉松式的爱情，婉曲迂回，一波三折，其发生过程贯穿了整部小说。在文学史中，用一部长篇来书写一场爱情的发生，《情感教育》可能是独此一家，别无他店了吧。

本文将撷取弗雷德里克追求阿尔努夫人的过程中的一些片段，阐释与赏析其内心的波澜与情感的变幻。如果说这部长篇是情感的百科全书，我们品味的只是特别精彩的几页。

3

中学毕业那年夏天，站在塞纳河的轮船甲板上，看着两岸的连绵的景色，弗雷德里克难免陷入青春期的遐想之中：

弗雷德里克想着回家后将住的房间，一出戏的梗概，若干幅画的主题，以及将来的爱情。他发现配得上他高尚心灵的那份幸福，至今迟迟不来。

弗雷德里克先认识的是阿尔努先生，他其时正与一个农家女子调情。两人一见如故，阿尔努先生告诉弗雷德里克，他是工艺社老板，家住巴黎的蒙马特大街。

弗雷德里克推开头等舱的栅栏，想回自己的舱位之际，看见了阿尔努夫人，"眼前仿佛出现了幻象"。对两人之间这次历史性的影响了弗雷德里克一生的初次见面，福楼拜的叙述不吝笔墨出手不凡：

她独自坐在长椅当中。或者说，至少他没有看到其他任何人，因为她的目光使他两眼发花。他走过时，她正好抬起头来。他不由自主地垂下肩膀。待走到稍远处，他站在同一侧望着她。

她戴一顶宽边草帽，粉红色的飘带在背后随风飘拂。紧贴两鬓的黑发从中间分开，绕过两道长眉的眉梢，梳得低低的，仿佛充满柔情地紧靠在她的鹅蛋脸上。一件带小圆点的浅色细布连衫裙，四面铺开，起了许多褶子。她正在绣着什么；笔直的鼻梁，下巴，整个身躯，清晰地映衬在蓝天的背景上。

由于她一直不改姿势，他左右绕了好几圈，以掩饰自己的勾当。后来，他索性站在她那把靠长椅放着的小阳伞旁，假装观看河上的一只小艇。

他从没见过像她那样光亮的褐色皮肤，那样诱人的身材和能透过阳光的纤纤玉指。他十分惊讶地端详着她的针线筐，仿佛在看一件新奇的东西。她姓什么？住在哪里？生活得怎样？有过什么经历？他希望知道她卧室里有什么家具，她都穿哪些衣裙，和什么人交往。他有一种更深层的欲望，一种永不满足的、折磨人的好奇心，肉体占有的欲望反而消失了。

这就是爱情故事女主角先声夺人的高光亮相。末了那几句话，几乎是整场爱情的预叙或隐喻。

福楼拜接下来叙述的是围巾的细节。他看到阿尔努夫人那条紫色阔条纹的长围巾，从甲板上往下滑，就要掉到河里去，他"纵身一跃"，一把抓住，交给阿尔努夫人，她感谢了一声，两人的目光第一次碰在了一起。

很快，弗雷德里克就明白，她就是刚才认识的阿尔努先生的夫人，夫妻俩还带着女儿和女佣，正要离开巴黎到瑞士旅行一个月。

阿尔努先生叫来一位弹竖琴的歌手弹唱解闷，"琴声铿锵，如泣如诉，好像一个失恋而又高傲的情人在唉声叹气"。

演唱完毕，弗雷德里克抢在阿尔努之前，给了歌手一个金路易：

> 促使他在她面前进行施舍的不是虚荣心，而是一个和她一起祈求赐福的念头，一种近乎虔诚的感情。

我们可以比较弗雷德里克的施舍与《安娜·卡列尼娜》中伏伦斯基在火车站第一次与安娜见面时掏钱救济被轧死的养路工家属的细节。爱情总是让人变得豪爽大方。

在轮船餐厅吃饭时，弗雷德里克坐在那一家人的对面：

> 连她睫毛的影子都看得一清二楚。她用嘴唇抿一口酒，掰一小块面包吃。手腕上用金链子系着的一枚天青色圆形饰物，不时碰着盘子，叮叮当当地响。可是在座的人好像没有注意到她。

"可是在座的人好像没有注意到她"，这句话应该有几层意思，一个是情人眼里出西施，弗雷德里克眼中的仙女，在别人眼中可能只是一位年轻的母亲和夫人；另一个是船上大多是工人与农民，他们可不会像弗雷德里克那样充满爱的幻想；还有一个，表达了弗雷德里克的一厢情愿，他希望她只被自己关注与喜欢，他希望自己是唯一的那个人。

饭后，弗雷德里克再次在天棚下看到阿尔努夫人，当然，这已不是偶遇，而是渴望与主观努力的结果：

> 她正在阅读一本灰色封面的薄薄的书，两边嘴角不时翘起，额头闪耀着快乐的光芒。弗雷德里克真羡慕这本书的作者，竟能编出这些似乎吸引住她的东西来。他越凝神注视她，越觉得她和他之间存在一道鸿沟。他想到，他还没引她说出一句话，没能留给她一点回忆，可是一会儿就要无可挽回地同她分别了。

从惊奇到渴望然后再意识到鸿沟，倒并不是气馁与退缩，而恰恰说明他内心有了进一步的考虑与现实性期待。

在码头分别之际，弗雷德里克费力地寻找着阿尔努先生，阿尔努见到他，握着他的手说："再见，亲爱的先生！"

上岸后，弗雷德里克转过身去：

> 阿尔努夫人站在舵旁。他向她投去一眼，尽量把全部心意倾注在这一眼中。她依然纹丝不动，好像他什么也没有表示似的。

当一个人发出爱情的磁力线的时候，他总是希望对方有对应的动作，能够感受到反作用的磁力，一见钟情就符合这样的同时与对等。但对弗雷德里克来说，这样的对应却要经历漫长的岁月之后才能出现。

尽管如此，阿尔努夫人的形象已然深深揳入弗雷德里克的生命。坐马车回故乡的一路上，他的脑海里不时地浮现出对阿尔努夫人的印象与记忆：

> 整个旅程又浮现在他的脑际，那样地清晰，以致他现在又看出一些新的细节，一些更隐秘的特征。在她袍子的最后一道边饰下面，露出她脚上的一双细巧的栗色高帮缎鞋；在她头顶上，斜纹布天篷好似一顶宽大的华盖，边沿的小红流苏迎着微风不停地颤动着。
>
> 她活像浪漫派小说中的女子。在他看来，给她增添一分则有余，削减一分则不足。天地仿佛突然间变得开阔了，她正是万物汇聚的那个光点。——于是，他在马车的晃动中，关闭起眼睛发起呆来，沉浸在想入非非的无限欢乐中。

平时，万物与我齐一，天地与我并生，恋爱时，万物仿佛不存在了，连自己也消失了，眼里只有她，她身上已经汇聚着天地万物。她就是整个世界。

当弗雷德里克下了马车，一个人走在乡间小路上的时候，他想起阿尔努叫她"玛丽"来着，于是高声喊道：

"玛丽！"

就好像爱的声音与磁力真的可以超越时空感动上苍似的。

4

弗雷德里克在第一章与阿尔努夫人相遇，回到故乡待了一阵，然后回到巴黎。两人再度发生关联已经是在第三章了。

弗雷德里克回到巴黎，先找住处，安排好自己的生活，开始在大学念法学，却一点也不快乐。在经过多方打听与寻觅之后，他找到了阿尔努的工艺画报社。

但阿尔努忙着买卖，几乎没有理睬他的问候。弗雷德里克虽然感到不快，但仍然想方设法接近她。比如经常去买画，或向画报社信箱里投稿，或直接给她写一封表白爱情的十二页长信。可他把信撕了。有事没事，他就会踱到工艺社楼下：

> 阿尔努的店铺的二楼上有三扇窗户，每晚都亮着灯。一些影子在窗后移动，尤其有一个，那是她的影子。他常常从老远赶来观看这些窗户，凝视这个影子。

在暗恋者的目光里，二维的影子仿佛是三维的，好像凝

视久了就会变成血肉之躯。

他还希望自己能在路上碰到她：

> 为了接近她，他设想了许多错综复杂的巧合，许多由他把她救出来的离奇的危险。

每一个青春期的人都有过类似的设想不是吗？

他在戏院包厢里看到过阿尔努，但阿尔努身边的女子却不是她。有一次，他看到阿尔努的帽子上缠着一圈黑纱，着实吓了一跳，赶忙到店里去打听，他问伙计："阿尔努先生的身体如何？"伙计说："很好呀！"他面色苍白地再问："那么夫人呢？"

"夫人也很好！"

5

到第四章，弗雷德里克才知道，阿尔努夫人并不住在店的楼上，他们的家在另一个地方。经过朋友的介绍与引荐，弗雷德里克终于来到阿尔努的家里。

弗雷德里克先在客厅双人沙发上看到一件正在织的毛衣，"两根象牙毛线针尖头朝下露了出来"。他第一次在船上遇到她时，她也在织东西。经过这么久之后，他再度看到了她：

她笼罩在阴影中，弗雷德里克起先只看清她的头。她穿着一袭黑丝绒袍子，一个缠在压发梳上的阿尔及利亚式红绸长发网把头发兜住，一直垂落到左肩。

我们可以想象弗雷德里克内心难以抑制的激动，他的目光一定飘忽而又战抖，所以，"起先只看清她的头"。

当阿尔努把弗雷德里克介绍给夫人时，她只应了一声："哦！我认识这位先生。"

再度见面的情景，与弗雷德里克的想象不太一样。

然后大家在一起吃饭。弗雷德里克耳朵里听到人们的谈话，眼睛里却只有阿尔努夫人，她与他坐在同一侧，隔着三个位子：

她不时掉过头，略微俯下身来，和女儿讲几句话。这时她微笑着，脸上露出一个酒窝，善良的神情显得格外优雅。

饭后，大家在客厅聊天，弗雷德里克看见她与一个名气很大的老人在聊天，靠得很近，几乎头碰着头：

弗雷德里克哪怕当聋子，残疾人，丑八怪也心甘情愿，只要有个显赫的名字，满头的白发，总之能有点什么帮他建立如此亲密无间的关系，他万分苦恼，恨自己为何这般年轻。

后来，她曾走到他所在的客厅一角，问他在宾客中可有熟人，喜不喜欢绘画，在巴黎读书有多久了等，都是些不咸不淡的问题，但弗雷德里克的感受非同小可：

> 从她嘴里说出来的每个字眼，都是一件新奇的东西，只属于她的东西。她的绸发网的毛边，轻抚着裸露的肩膀；他聚精会神地注视着，无法把视线移开，整个心灵都渗进这白皙的女性肌肤中去。然而，他不敢抬起眼睛正面看她。

一个人可以把心灵渗进所爱者的肌肤中去，这就是爱的磁力作用。

阿尔努夫人还在钢琴伴奏下，唱了一支歌，弗雷德里克虽然一句也听不懂意大利语的歌词，但却听得如痴如醉。

告别时，阿尔努夫人送到前厅，与所有人都握了手，也与弗雷德里克握别：

> 他感到好像有什么东西钻进了皮肤的每个细胞。

现在，弗雷德里克一个人走在大街上，心里仿佛有什么东西要溢出来：

街上冷冷清清，偶尔有辆沉重的大车经过，震动了路面。房屋一幢接着一幢，正面墙是灰色的，窗户紧闭着。他不屑地想着所有躺在这些墙后睡觉的人，他们活在世上却没有见过她，甚至没有一个想到有她这个人存在！他对环境、空间、一切失去了意识。他的鞋跟拍打着地面，手杖敲着店铺的门板；他一直朝前走，欣喜若狂，身不由己。

他在新桥当中停下脚步，光着头，敞着衣襟，呼吸着新鲜的空气。然而，他觉得从心底涌上来某种永不枯竭的东西，一股令他激动的柔情，就像眼前这起伏的波浪。一座教堂的钟敲了一点，钟声慢悠悠的，仿佛是呼唤他的一个声音。

于是，他忽然感到灵魂的战栗，仿佛被带到了一个更高的境界。他拥有了一种非凡的才能，但不知道将把它用在哪里。他认真地反躬自问，究竟是当一名大画家，还是当一名大诗人？他决定从事绘画，因为这个行当需要他接近阿尔努夫人。

爱情不仅可以左右一个人的人生志向与职业，可以让他在钟声中听到爱的呼唤，而且可以让他穿墙过壁，对那些墙后睡觉的人表示不屑与怜悯，就像上帝在天上观望着并同情着人类一样！

如此出格的想象，如此独步的叙述，刻画的又是何等离形出神的生命状态与爱情境界！

6

《情感教育》的爱情故事，一直是弗雷德里克竭尽全力主动追求，苦苦地思念与期待，而对方迟迟没有回应与表示，几乎像是一场单恋。这又反过来激起弗雷德里克更多更深的纠结、忧虑与渴望。我看到好多地方，看到一个人为了爱情而神魂颠倒，一次又一次坠入疯魔状态，拍案叫绝的同时，禁不住一遍遍地唏嘘感叹。

福楼拜仿佛打定主意要把这样的爱情与思念写到极致，他好像调动了生命中所有的爱情经验，同时发挥了无尽的想象，拼尽全力，竭尽心血，要写出一部人类的情感教程或爱情的百科全书。

7

整部书星罗棋布般充满了弗雷德里克对阿尔努夫人的爱慕、思念、渴望、痛苦、想象和痴情，起伏绵延，没有穷尽。

比如：

他好像一个在树林中迷了路的旅客，条条路都通向同一个地点，在每一个念头的深处，他总看到阿尔努夫人的影子（念兹在兹）。

比如：

喜爱从属于阿尔努夫人的一切，她的家具，她的仆人，她的房子，她的街道（爱屋及乌）。

比如：

他知道她每个指甲的形状，欣喜地听着她从门边经过时丝绸衣裙的窸窣声，暗暗嗅着她的手帕的香气；她的梳子、手套、戒指，在他眼里都是特殊的东西，像艺术品一样贵重，几乎像人一样生意盎然。样样东西全占据了他的心，使他变得更加痴情（爱之及物，物之拟人）。

有天晚上，阿尔努夫人要出去买东西，弗雷德里克自告奋勇陪她上街：

弗雷德里克畅快地呼吸着，因为透过衣服的棉絮，他感觉到她胳膊的形状；而那只戴着双纽扣麂皮手套的手，那只他恨不得印满热吻的小手，就靠

在他的袖子上。路面滑溜溜的，他们走得不大稳；他觉得他们俩仿佛驾着云随风摇晃（爱可以让人无翼而飞）。

当他鼓起勇气要表白爱情的时候，阿尔努夫人却跟他说周四聚会再见，然后自己一个人走进了瓷器店。

周四又是在阿尔努家聚会的日子。阿尔努呼朋唤友，看似好客，实际上都是为了生意与业务，而且他是个没心没肺没皮没脸的主，阿尔努夫人更像是他的合伙人而不是爱人。在客观上，这也是弗雷德里克自始至终一直追求阿尔努夫人的原因。

从阿尔努家聚会后，弗雷德里克又一次独自走在巴黎夜晚的街道上：

> 他在街灯下遇到的妓女，高唱华彩乐段的女歌唱家，纵马驰骋的马戏女演员，步行的女市民，倚在窗口的俏女工，所有的女人，或由于相像，或由于对比鲜明，都使他想起这一位。他沿着店铺走，一边望着开司米套衫、花边和宝石耳坠，一边想象着这些东西裹住她的腰身，缝在她的胸衣上，在她的黑发间闪闪发光的情景。售花摊上鲜花盛开，供她路过时挑选；鞋铺的陈列橱窗里，天鹅绒毛镶边的缎面小巧拖鞋似乎等着穿在她的脚上；条

条街道通向她的房子；车辆停在广场上，仅仅是为了更快地奔向她家；巴黎与她息息相关，大都市和它的各种声音，如同一支庞大的乐队，在她身边轻轻演奏。

他到植物园去，看到一株棕榈树，便被带向遥远的国度。他们俩一起旅行，骑着单峰驼，坐在大象的小天篷下，乘游艇在蓝色群岛间游弋，或并肩骑在两头系着铃铛的骡子上，骡子被草丛中的断柱绊得跌跌撞撞。有时，他在卢浮宫的古画前驻足；爱情似乎使他置身于往昔的世纪，把她变成画中人物。她头戴圆锥形高帽，跪在用铅条卡住玻璃的窗前祷告。身为卡斯蒂利亚或佛兰德的女领主，她戴着僵硬的绉领，身着用鲸鱼骨支撑的大皱泡连衫裙，端端正正地坐着。随后，她穿上锦袍，在鸵鸟毛做的华盖下，由元老们前呼后拥着，走下宽大的斑岩楼梯。另一些时候，他想象她穿着黄色绸裤，倚在穆斯林后宫的靠垫上。凡是美的东西，星星的闪烁，某些曲调，一句话的韵味，一个人的轮廓，不知不觉地都会突然叫他想起她来。

上天与入地，古往与将来，一切的一切，都只因为她而存在，因为她才有意义。爱的幻想，真是无边无际啊！

8

可是阿尔努夫人一直没有什么回应，甚至没给他太多表白的机会。弗雷德里克不敢贸然说爱她，怕她严词拒绝，怕她生气并把他轰走，怕自己再也见不着她，与其那样，他宁可忍受现状，宁可这样僵持、纠结并痛苦着：

他羡慕钢琴家的才华与士兵脸上的刀疤。他真想生一场重病，希望引起她的关心。

他并不忌妒阿尔努，这叫他好生奇怪。他的廉耻心似乎与生俱来，他只能想象穿着衣服的她，把性的问题推到神秘的暗影中。

然而，他梦想与她一起生活，亲昵地用"你"称呼她，用手久久地抚摸她两鬓的头发；或者跪在地上，双臂搂住她的腰肢，从她的眼里吮吸她的灵魂！为了得到这种幸福，非把命运颠倒过来不可。但是他拿不出行动来。他怨天尤人，责怪自己懦弱，被欲望搅得坐立不安，就像囚室里打转的俘虏。终日的苦恼压得他喘不过气来，他常常一连几个钟头一动不动地发呆，要不就哭得泪人似的……

弗雷德里克越陷越深，痛苦焦虑，连他的同学和朋友都看不下去，朋友甚至认为阿尔努夫人没有什么特别的地方。

有时候，弗雷德里克自己也承认："我疯了！"

朋友劝他找些别的乐子来打消这样的爱的痛苦，他不仅没有接受而且很反感。他看到朋友的逢场作戏和爱情游戏，却一点也不羡慕：

"好像我没有爱情似的，其实它比这稀有百倍，高尚百倍，炽烈百倍。"

于是他又一次在夜色中走到阿尔努夫人家门口：

临街的窗户没有一扇是她的住房的。尽管如此，他两眼依然紧盯着正面的墙，仿佛这种凝视能够穿墙裂壁。现在，她一定安歇了，像一朵沉睡的花儿那样安详，美丽的黑发披散在枕头的花边上，双唇微启，头枕在一只手臂上。

两个人渐渐有了些接触与交流，聊天的机会也慢慢多了起来：

他开始讲情场上的种种遭遇。她同情爱情造成的不幸，但对虚情假意的卑劣行径深恶痛绝；这种正直的品德与她端正秀丽的容貌如此相称，仿佛这种品德是由她的容貌决定的。

她有时粲然一笑，目光在他脸上停留一分钟。这时，他觉得她的目光深入他的灵魂，就像强烈的阳光一直照射到水底一样。他爱她，没有二心，不存回报的希望，是一种纯粹的爱。在这种默默无言、感恩图报的冲动中，他恨不得用雨点般的吻盖满她的额头。这时，内心涌动的一股力量令他振奋不已；这是自我献身的一种欲望，立即效忠的一种需要；这欲望，这需要，由于得不到满足而益发强烈。

理论上，回报为零的爱才是纯爱。同理，没有满足的欲望才叫欲望，满足后也许就是疲倦了。爱情总让人坠入悖论。

有一回，弗雷德里克陪阿尔努夫人和女儿一起坐马车，阿尔努先生就坐在对面与人谈业务：

车在行驶，忍冬和山梅花伸出花园的篱笆墙，在黑夜中散发出令人浑身发软的芬芳。她的袍子有许多皱褶，盖住了她的脚面。他仿佛觉得，通过这个躺在他们俩之间的孩子的躯体，他和她整个人连在了一起。

爱之磁力，有隔山打牛效应？

有一个细节，可以说明弗雷德里克深爱阿尔努夫人到了什么样的地步，那时候，阿尔努的工艺社已倒闭，开始做瓷器生意,还有一家自己的制陶厂。阿尔努夫人带他参观,介绍一种机器:"这是捏泥机"——

> 他觉得这个词挺滑稽,从她嘴里说出来很不相称。

在爱者的心目中,被爱者只适合说出珠圆玉润的词语,而不该说捏泥机这样土得掉渣的庸俗的词语。基耶洛夫斯基的电影《蓝》里有一个相反相成相映成趣的例子,朱丽叶对暗恋她的那个丈夫的助手说:"我也有虫牙,我也打呼噜。"

我记得有一个地方,在弗雷德里克的心理活动中,把阿尔努夫人称之为"以人形出现的某种天堂"。老福楼拜可真是绞尽了脑汁。

在另外一处,弗雷德里克有机会抓住阿尔努夫人的手细细端详:

> 凝视着脉管的交错,皮肤的纹路,手指的形状。对他而言,她的每根手指不仅仅是个东西,而几乎是个人。

这大概也是爱情的神奇功能之一:以部分指代整体。

9

在小说快结尾的地方,阿尔努夫人到弗雷德里克住处来看他。岁月如梭,两个人都已经经历了人世的变幻与沧桑,弗雷德里克终于有机会向阿尔努夫人说出心中的爱情:

"爱情描写中,凡被人指责言过其实的东西,您全让我体验到了。"

意思就是,真正的爱情不可能言过其实,只可能言之不足,唯有付诸行动(比如热吻与性爱)才能摆脱语言的贫乏。

当然,从船上相遇到小说结束,他们俩之间其实一直没有发生过实质性的接触与行动,两个人的身体从来没有"连在一起"过,也正因为如此,在这两个人之间,尤其是从弗雷德里克的角度,福楼拜才得以叙述爱情发生的无数皱褶与无数迂回。虽然后来的普鲁斯特等人把这样的皱褶与迂回叙述得更加细腻更加繁密更加深邃,但就其情感的曲折与起伏,就其爱的迂曲与波澜,福楼拜已经做到非常极致的程度。

最后,两人永别之际,阿尔努夫人让弗雷德里克找来一把剪刀,齐根剪下一绺头发,留给弗雷德里克作纪念。

当年在江船上看见的阿尔努夫人的头发是多么乌黑发亮啊,可现在握在弗雷德里克手里的,已经是银丝般的白发。

如果你不逼着我吃茄子的话

1

什么样的爱情经历、什么样的发生机制与磁力作用,才能让一场恋爱在中断了五十一年九个月零四天后,如枯树开花般重新启动重新绽放?

马尔克斯在《霍乱时期的爱情》这部小说中,要叙述的正是这样一场超越时间的爱情。这场爱情的发生,刻骨铭心,揳入灵魂,让主人公永生难忘。

2

弗洛伦蒂诺·阿里沙是母亲与一个船主偶然结合的产物,十岁时生父就死了,一直跟母亲特兰西多·阿里沙一起生活。

父亲死后，他就辍学到邮局去当学徒。他的聪明伶俐引起了电报员洛达里奥·图古特的注意与欣赏，就把莫尔斯电码和如何打电报的业务教给了他。他十八岁认识费尔明娜·达萨时，已是个惹人喜爱的小伙子，会跳舞，喜欢朗诵感伤的诗句，爱拉小提琴。他人长得瘦弱，性格偏内向，常穿一件妥善保管的长外套，那还是父亲的遗物。

他第一次见到费尔明娜·达萨是在一个下午。他给一个叫洛伦索·达萨的人送一份电报。从连拱走廊往外走的时候，听到空旷的院子里响起一个女人朗读课文的声音。在经过缝纫室的时候，他从窗户看到一位妇女和一个女孩。她们俩坐在两张紧挨的椅子上，读着一本摊开在妇女膝头上的书。他以为妇女是女孩的妈妈，实际上是她的姑姑，虽然一直像母亲一样照料着女孩。阿里沙从边上走过的时候，朗读并没有中断，但是女孩子抬起目光想看看谁从窗户跟前走过。

女孩看向阿里沙的那一眼，一般的传统的作家，一定会花大力气书写一番，但深谙现代小说叙事精髓的马尔克斯，先避实就虚，引而不发，只举重若轻地写了一笔，却吊足了读者的胃口：

这个偶然的目光就是半个世纪后还没有结束的爱情纠葛的起因。（徐鹤林、魏民译，漓江人民出版社，1987年。下同）

3

费尔明娜·达萨不久前随父亲从外省迁居本地，她的母亲已过世，陪伴她的是终身未嫁的姑妈。她父亲是个有钱人，把女儿送进了圣母教会学校读书，那学校本来只接受名门闺秀，费用昂贵，独立战争后才向所有能交得起费用的人打开大门。所以，费尔明娜·达萨的社会地位其实并不像贵族一样高不可攀，这些情况鼓舞了阿里沙，他把这位长着一双美丽杏眼的女孩当成了自己梦寐以求的对象。但女孩的父亲管束严厉，别的女孩都成群结伙地上学，费尔明娜·达萨却一直由姑妈送她上学。她也很少被允许参加什么娱乐活动。

正是在这种情况下，弗洛伦蒂诺·阿里沙天真地开始了他的孤独狩猎者的地下生活。从早晨六点起，他就坐在小公园里一张不易被人发现的长椅上，在杏树的树荫下装着读诗集，一直等到看见女孩子走过。

可是他没有机会接近女孩，因为她姑妈一直不离左右地陪伴着她。阿里沙每天看见她们来回经过四次，而到了星期天则看见她做完弥撒从教堂里出来。

只要看见她，他就满足了。他慢慢地把她理想化了，并且把不可证实的美德和想象中的情感都归于她。两个星期之后，他的头脑里只有她了。

从第一眼的惊异，到把她理想化，所用的时间是两个星期。这两个星期短暂而漫长，阿里沙心里的爱情萌发了。

萌发了爱情的阿里沙，准备付诸行动。他决定给她写信，最初是想写一张普通的便条。写好的便条一直没机会交给女孩，在想办法的同时，每晚睡觉前又会增写几页：

> 这样，原来的那张便条就变成了一本情人絮语的词典，上面全是他在公园里等待时，阅读多遍诗集后记住的灵感。

这封无法送达的信越写越长，最后已经有六十多页，而且正反面都写。阿里沙再也无法承受心中秘密的压力，就告诉了自己的母亲。母亲被儿子的爱情之火感动得直掉眼泪，她用自己的经验引导儿子，提出了两点忠告，一是不要把情书写得这么长，那会吓坏女孩的；二是他首先要争取的不是女孩，而是她的姑妈。

4

就像电影的正反打镜头，马尔克斯回过头叙述了费尔明娜·达萨第一次看到阿里沙的情景：

那一天，当费尔明娜·达萨教姑妈读书时，稍一走神抬起眼睛来看看谁从走廊走过，弗洛伦蒂诺·阿里沙无依无靠的清瘦样子已经给她留下了深刻的印象。当天晚上吃晚饭的时候，父亲向她讲述了电报，这样，她就知道了弗洛伦蒂诺·阿里沙为什么到她家里来以及他的职业了。这些情况增加了她的兴趣，因为她同当时的许多人一样认为电报是同魔法有联系的。所以，当弗洛伦蒂诺·阿里沙第一次在公园树下看书的时候，她就认出了他。

这之后，姑妈发现时不时地总能遇到弗洛伦蒂诺·阿里沙，她就明白这绝非偶然，并且知道这个男孩是冲着她的侄女来的。一想到有个男子对她的侄女感兴趣，她就有一股无法遏制的激情。费尔明娜·达萨本人对爱倒没什么好奇心，她对弗洛伦蒂诺·阿里沙唯一的感受是一种近乎可怜的感情，因为她认为他正在生病。而姑妈则确信，坐在公园里看着她们走过的这个男人，得的是"爱情病"！

在这场爱情发生的过程中，姑妈的存在有两种相辅相成的作用，一方面，她是男孩接近女孩的障碍；另一方面，女孩与姑妈一起参与这个爱情游戏，又增加了女孩的勇气与兴致。她们远远地看见公园里的男孩，看见他害羞腼腆的样子，故意一本正经，连看也不看他一眼。她们好像在跟他玩游戏。

姑妈凭经验告诉侄女，总有一天他会走过来，交给她一封信。

在这种恋爱的消遣中，在等待弗洛伦蒂诺·阿里沙的信的过程中，费尔明娜·达萨慢慢产生了一种"新奇感"，几个月过去，一切依然如故：

> 她自己永远也搞不明白，这种消遣从什么时候起变成了渴望。她浑身血液沸腾地想要见到他。有一天晚上，她看见黑暗中他站在床脚边看着她，她惊醒了。

好奇害死猫，其实是恋爱的主要原理。

从新奇到渴望，再到梦中相见，这是爱情发生的典型状态，费尔明娜·达萨也开始堕入爱情。祈祷时，她甚至祈求上帝给阿里沙勇气，好让他把信交给她。

那段时间，恰是阿里沙向母亲诉说衷肠、母亲劝他别把六十多页的信交出去的时候。所以，费尔明娜·达萨一直没等到信，她的渴望渐渐变成了绝望。

眼看到了十二月的假期。不上学之后，她不知道怎么让他见到她。

5

马尔克斯为了进一步推进两人的爱情，叙述了圣诞之夜在教堂相见的细节：

就在这天晚上,当她看见他在做弥撒的人群中注视她的时候,她的心都快跳出来了。她不敢转过头去,因为她正坐在父亲与姑妈中间,她必须极力控制住自己,以免被他们发现自己的惶惑。但是在嘈杂的出口处,她感觉到他离得很近,他在混乱的人群中显得那样清晰。当她离开教堂的正厅时,一股不可抵抗的力量使她转过头来,从肩膀上向后面看去,于是她看见在离她的眼睛两巴掌远的地方,有一双由于爱而吓得冰凉的眼睛,还有苍白的脸色和僵化的嘴唇。她被自己的大胆吓昏了,赶紧抓住姑妈的臂膀以免跌倒……

与传统经典的作家重视故事与情节不同,马尔克斯作为一个现代派作家,特别重视对细节的运用,在他笔下,细节不再只是构建情节的工具,而成了叙述的利器和撒手锏。文学中的细节,成了阿基米德的支点,成了画龙点睛的眼睛。很显然,通过描述一朵花更能表达世界的神秘与美,通过精准的细节,可以清晰地表达朦胧暧昧难以表达的东西,比如爱情。教堂相见的这个细节,把一个被爱攫住的少女的生命状态,表达得出神入化,有一种深入骨髓的效果与力量。

转过头这一眼,也把分兵两路的双人叙事,焊接在了一起。马尔克斯紧接着叙述的是被费尔明娜·达萨的目光击中的阿里沙的生命反应：

在爆竹的轰响声、鼓声中，在门口的彩灯光下和渴望和平的嘈杂的人群声中，弗洛伦蒂诺·阿里沙像个梦游者一样，一直溜达到天亮。他热泪盈眶地观看节目，还产生了一种幻觉，好像那天晚上出生的不是上帝而是他自己。

马尔克斯通过这段叙述揭橥了一个爱情的真谛：恋爱者通常是梦游者，而爱情对一个人的根本影响就是让他重获新生。当然，这也是一个古老的永恒的真谛，但丁在五个多世纪前就把献给贝亚特丽齐的情诗集命名为《新生》。

6

到下一周，弗洛伦蒂诺·阿里沙这种神志错乱加重了，午睡时，他不再像过去那样到公园去等，他知道她已经放假了，所以，他就梦游般来到费尔明娜·达萨的家门口。

他看见她与姑妈坐在门口的杏树下。这是他第一次见到她们在缝纫室里的景象在露天里的再现：女孩子在教姑妈念书。

马尔克斯描述了费尔明娜·达萨的衣饰与模样：

没有穿校服的费尔明娜·达萨变样了，因为她穿着一件褶皱颇多的编织长袍，像件无袖长衫一样从肩膀上披下来，头上戴着栀子花花环，看上去像是戴着花冠的仙女。

把费尔明娜·达萨比喻成戴着花冠的仙女，当然不只是情人眼里出西施那么简单。这部小说有一个题词，是莱昂德罗·迭亚斯的两句诗："这些地方气象万千，它们已有王冠仙女"。仙女与花冠，是浪漫主义文学的常见意象，马尔克斯之所以频频提到它，我觉得透露了他的创作抱负：用完全现实的手法，用一个个卓越的细节，去叙述去构筑一场浪漫的永恒的爱情传奇！或者说，《霍乱时期的爱情》同时突出了爱情的两面，浪漫传奇的一面与日常现实的一面，既避免了古典浪漫时期的爱情的高入云端的虚幻，又挽救了现代思潮下的爱情神话的破灭与堕落。

弗洛伦蒂诺·阿里沙发现，在三个月的假期里，费尔明娜·达萨几乎天天在同一时间坐在那里，他知道，那是想让他能见到她：

在一月底的一天下午，她姑妈突然把手中的活计放在椅子上，留侄女单独一个人在门口。地上落满了杏树的枯黄叶子。在这个意想不到的好机会的鼓舞下，弗洛伦蒂诺·阿里沙穿过街道，站到费尔

明娜·达萨面前,他离她近得可以感到她的呼吸和闻到她身上一辈子都有的芳香。他昂着头同她说话,这种坚定的态度他只是在半个世纪后才重新具有,并且是为了同一个目的。

与《百年孤独》那样的魔幻叙事不同,《霍乱时期的爱情》运用的是现实主义手法,当然,这种现实主义不再是十九世纪的现实主义,而是经过了现代派文学洗礼之后的现实主义,虽然叙事扎实厚重,但是理念新颖轻盈。比如这部小说在叙事时间与结构上,就与传统的现实主义完全不同,它整体上是从现在(第一章)倒叙到半个世纪前(第二章开始),但是在倒叙中,又经常性地插入预叙,提到半个世纪后爱情的重启。

当然,弗洛伦蒂诺·阿里沙跨越半个世纪的"同一个目的",就是把情书交给费尔明娜·达萨。

7

"给我。"她说。

弗洛伦蒂诺·阿里沙曾经想把念了许多遍、已经能背下来的六十页信一起带来,但后来又决定只带其中恰到好处和明白清楚的三十页。在这三十页中,他只是允诺了本质的东西:可以经受任何考验的忠诚和他终生不渝的爱。他从礼服口袋里把信掏出来,递到备受煎熬的刺绣人眼前。到这个时候,她还是不敢看他。她看见一只蓝色的信封在一只由于害怕而僵直的手里抖动,她抬起刺绣架,让他把信放下,因为她不愿意让他发现她的手指也在抖动。正在这时,发生了一件事,一只飞鸟在杏树的枝丫上抖动了一下,它屙的屎落下来正好掉在刺绣架上。费尔明娜·达萨赶紧拿开刺绣架,把它藏在椅子后面,不让他发现这件事,并且涨红着脸第一次望着他。弗洛伦蒂诺·阿里沙手里拿着信,不动声色地说:"这是好运气。"她笑一笑表示感谢,几乎把信抢了过来,对折好,放到胸衣里。于是,他又把别在口袋上的山茶花献给她。她拒绝了:"这是允诺之花。"她马上意识到时间快过完了,就又恢复了原来的神态。

"现在,您走吧,"她说,"我通知您,您再来。"

交情书这段叙述,写得真是生动恰切,真是精彩之极。而从叙事风格与手法角度看,它又特别有代表性。一方面,马尔克斯把这个过程写得像一场战争,细节毕现,灵魂战栗,这封情书之分量,都快赶上了两国交战时的战书或通牒,从而突出了爱情的分量与震撼;另一方面,马尔克斯又那么生活化和通俗化地叙述了鸟屎的细节,突出了爱情的现实性与真实性。从波德莱尔和福楼拜等作家开始,生活中尘俗与污秽的细节，得以登上文学的大雅之堂，化大俗为大雅，既深刻又反讽。鸟屎当然属于这样的细节，它还隐隐地喻示了这场爱情的节外生枝与艰难曲折。

8

弗洛伦蒂诺·阿里沙迟迟没有等到费尔明娜·达萨的通知与回复。

第一次见到费尔明娜·达萨的时候，他母亲就发现，他的话少了，胃口也差了，晚上睁着眼睛在床上翻来覆去睡不着。现在苦苦地等着她的回信，他的渴望与焦虑变本加厉有过之而无不及：

> 他等待她的回信，渴望变得更加复杂起来，他口吐清水，神志模糊，时而昏迷不醒。他的母亲吓坏了，因为这不是爱情引起的紊乱，而是霍乱的症状。弗洛伦蒂诺·阿里沙的教父是一位擅长顺势疗法的老头子，从当秘密情人时起，他就是特兰西多·阿里沙最信任的人。他一看病人的情况也害怕起来了。因为病人的脉搏低沉、呼吸混浊，身上的冷汗像垂死的人的冷汗。但是，经检查表明，病人无高烧，全身无一处疼痛，唯一的具体感觉是想马上就死。他先是对病人，接着又对病人的母亲进行了一次精心

的盘问，情况又一次充分证明了，爱情的症状和霍乱的症状是相同的。于是给病人开了几帖椴树花浸剂以稳定神经，还建议他换换空气，把距离作为寻求安慰的方法。但是弗洛伦蒂诺·阿里沙的追求却完全相反：从自身的煎熬受苦中去感受欢乐。

在整个二十世纪，把爱情的渴望与煎熬写到霍乱的程度与死亡的地步的作家，让相恋的人发出激光般耀眼核能般剧烈的爱之磁力的作家，马尔克斯可能是绝无仅有的一个！马尔克斯获得诺贝尔文学奖后，又投身《霍乱时期的爱情》的创作，他一定是抱着打硬战的准备的。谁都知道，爱情是永恒的主题，千百年来，已经有那么多可歌可泣深入人心的爱情传奇与故事，再铸新篇绝非易事。但马尔克斯却打定主意要攻下这个难题。他好像微笑着说，是啊，我知道爱情是永恒的主题，文学史已经有无数精彩的爱情小说，那么现在，我来试试看，看我能不能写出一部纯粹的强健如初的爱情小说，而且，我将放弃魔幻手法，完全用所谓的现实主义的手法来完成这个攻坚战。

9

等信期间，弗洛伦蒂诺·阿里沙拒绝了洛达里奥·图古特的引诱，图古特不仅教会了弗洛伦蒂诺·阿里沙发电报，

也想教唆他到妓院寻找乐趣，甚至已经为他谈好价格支付了提前服务的费用，但他不肯接受，坚决拒绝：

> 他决心只为爱情丧失自己童男的身份。

有趣并且反讽的是，半个世纪后，弗洛伦蒂诺·阿里沙仍然对费尔明娜·达萨强调这童男之身。

当弗洛伦蒂诺·阿里沙得知在索达贝托以北四海里的海底有一艘西班牙十七世纪的沉船，船上装着五百多亿金比索和宝石时：

> 发狂的爱情激发了他要打捞这批海底财富的欲望，以便让费尔明娜·达萨在金子堆里打滚。

爱情之所以是奇迹，就因为它总是驱使人们去创造别的奇迹。

为了缓解思念与等信之苦，弗洛伦蒂诺·阿里沙吃掉了母亲种在院子花盆中的栀子花，因为费尔明娜·达萨身上常有栀子花的味道。而为了了解心爱女子身上其他可能的味道，他还把偶然在母亲的箱子里找到的一瓶香水喝掉了。他小口小口啜着瓶子里的液体，为费尔明娜·达萨所陶醉。他一直喝到天亮，先在小店里喝，后来又到无家可归的恋人们相聚的海边防波堤上喝，一直喝到神志麻木。第二天临近中午，他母亲才在海湾的拐弯处，常有人投海自尽的地方找到他。

10

费尔明娜·达萨那边的情况其实也好不了多少。

开始的时候，她并不怎么了解这位像冬天的燕子一样出现在生活中的默默的求爱者，要不是信上的签名，她连他的名字也不知道。她后来了解了他的家庭情况，知道他是电报员的很有前途的优秀助手，在星期天教堂的乐队里，她听到别人是为大家为上帝在演奏，而他的小提琴却只为她一个人演奏。

她自己也不知道为什么收下了信。日趋临近的回信承诺慢慢成了她生活里的麻烦事：

> 有事没事，她把自己关在卫生间里，一遍又一遍地看他的信，希望发现字里行间隐藏有一种秘密的符号、魔幻的方式，能说出比字面意义更多的内容来……
>
> 一开始，她并没有想到必须回信，但是由于信写得如此明确清楚，使她无法回避复信。就在她犹豫不定的时候，她惊奇地发现自己想念弗洛伦蒂诺·阿里沙的时间和兴趣已经超过了她自己愿意的程度。

11

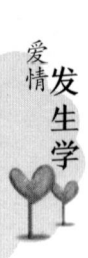

在母亲的鼓励与指导下,弗洛伦蒂诺·阿里沙终于鼓起勇气,打扮一新,在没有得到她的通知的情况下,迈着坚定的步伐,穿过那条街道,走到了杏树下的费尔明娜·达萨面前,告诉她:

"您收下信,"他对她说,"不回信就是没有教养。"

她只好答应他,在假期结束前,他一定会收到回信:

开学前三天,费尔明娜·达萨把回信放进一个亚麻纤维的、画着金色葡萄枝叶的信封,夹在鳄鱼皮面的祈祷书里,让姑妈送到了邮局柜台上。

弗洛伦蒂诺·阿里沙欣喜若狂,整个下午他都在边吞吃玫瑰花边看信,一个字一个字,一遍又一遍地看着,愈看玫瑰也就吃得越多。到了半夜,他看了那么多遍信,吃了那么多的玫瑰,以至于他的母亲像对待小牛犊一样硬按着他的头,逼他服下一剂蓖麻油。

爱情真是一种怪病啊,需要不停地吃药。

从此，爱情宣告发生，爱的火焰在两个人之间炽热地燃烧起来。

除了想念对方、梦见对方、火辣辣地等信和写信外，生活中好像再也没有其他事情了。

虽然一直没有单独待在一起（那是半个世纪后的事情），但是，头三个月里，他们没有一天不写信，有时甚至一天两封。费尔明娜·达萨每天从家里去学校的路上在某一个地方把信藏进去，并在这封信中告诉弗洛伦蒂诺·阿里沙，她在什么地方取回信。为了安全起见，放信的地方堪称稀奇古怪：教堂的洗礼盒内，树洞里，或者殖民者堡垒废墟的缝隙里，等等：

一开始，费尔明娜·达萨的信回避任何情感方面的内容，只限于用航海日志那样平淡的风格写写她的日常生活，像一种消遣，仅仅保持炭火不灭，但从来不伸手去拨旺它。但弗洛伦蒂诺·阿里沙却在信的每一行中猛烈地燃烧，并渴望把自己的狂热传导给她。他的情书还有各种变体与发明：比如用大头针在茶花的花瓣上刺下微型诗句寄给她；比如大胆地把一缕头发夹在信里寄给她。虽然费尔明娜·达萨没有答应弗洛伦蒂诺·阿里沙的要求，寄给了一束完整的发辫，但她至少向前跨出一步，开始给他寄夹干的叶脉、蝴蝶的翅膀、珍禽的羽毛等。两个

人的爱情火焰越烧越旺。

弗洛伦蒂诺·阿里沙接下来还大胆地到费尔明娜·达萨家附近去拉小提琴,琴声里全是对她的思念与爱情。他还为她谱写了一支小夜曲,取名《花冠王后》。为了安全,为了避开她父亲的耳朵,他放弃到公园演奏,而选择了更远更隐蔽但她能听见的地方。那时整个国家内战又起,到处实施管制与宵禁,他却跑到墓地附近去演奏,被一支凌晨巡逻队抓住,还以为他是间谍,被带上脚镣,在警备司令部的地下室里关了三天。事后他居然还得意地想:

他是城里,也许是全国唯一一个因为爱情而被钉上五磅重镣铐的人。

12

狂热的通信持续了将近两年时,弗洛伦蒂诺·阿里沙终于给费尔明娜·达萨写了一封只有一段的信,信中他正式向她提出结婚的建议。马尔克斯这样叙述费尔明娜·达萨收到这封信时的感受:

她感到被死亡的第一次挠痕伤害了。

在姑妈的鼓励与指导下，在弗洛伦蒂诺·阿里沙的不断催促下，在经历了长达四个月左右的踌躇之后，她终于回信答应了：

好的，我同意结婚，如果你答应不逼着我吃茄子的话。

在答应求婚的庄严浪漫的时刻，在如此重要的叙事关键点，马尔克斯却让费尔明娜·达萨提出了如此有趣如此幽默如此让人捧腹的条件："如果你不逼着我吃茄子的话！"

茄子这个细节的出现，让浪漫的爱情落实在了现实生活的烟火气息之中，为严肃的婚姻赋予了喜剧性与诙谐感，接通了云泥，超越了雅俗，化厚重为轻盈，变严肃为幽默。神圣的婚姻与日常的茄子的相遇，就像卡夫卡小说里缝纫机与雨伞的相遇，恰如《城堡》里那场教室里的婚礼，自有一种陌异感与疏离感。这样的细节，不可能出现在任何一部传统现实主义的作品中，而只能出现在现代性的叙事里。

这就是马尔克斯的了不起的叙述，既有现实主义的真实与重量，又有现代主义的轻盈与趣味，正是这样的叙述，成功地描摹了一场震撼人心的爱情是怎样发生的。这场爱情，后面还将经历巨大的磨难、转折与断裂，直至五十一年九个月零四天之后，重新爆发，直至永远，最终铸就了文学史上空前绝后的爱情篇章！

这个世界上，多亏了有马尔克斯这样的作家，多亏了有《霍乱时期的爱情》这样的爱情杰作，让身陷物质化时代与爱情荒漠中的我们，再度与神话般的爱情相遇，让我们的身心得以经历我们一辈子没有经历过的爱情震撼，让我们这些平凡地过着普通生活的读者，得以体验从没体验过的爱情奇迹与魔力。

我想，这就是阅读《霍乱时期的爱情》对我们的意义。

骷髅颈子上的圣物盒

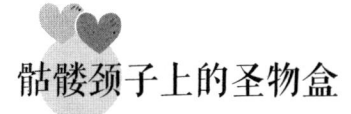

上帝创世后,开始以自己的形象造人,祂造了无数的孤单个体,会集而为人类。

人独自被抛到这个世界上来,所以他是孤独的存在。

因为孤独,所以,人人都渴望爱情;反过来,人们追逐爱情之决绝之疯狂,恰可勘探他的孤独之深度与广度。

爱情或许可以缓解孤独,但只有死亡才能最终消灭孤独!

在《百年孤独》的开头,马尔克斯创造了一个细节、一个隐喻:

那副用磁铁勘探并挖出的锈迹斑斑的盔甲,敲击之下发出空洞的回声,好像塞满石块的大葫芦,成功拆卸之后,发现里面有一具已经钙化的骷髅,骷髅的颈子上挂着铜质的圣物盒,盒里有一缕女人的头发!

那缕头发,应该是几个世纪前那场爱情的馈赠和见证。

是呵,死亡可以消灭一个人和他的孤独,但却无法消灭

他的爱情。肉体死亡之后，爱情传奇却活着。

孤独、爱情与死亡，形成的是一个稳定而又奇异的三角关系，永无休止的纠缠与循环，恰如莫比乌斯之环，恰如人类历史本身。

《百年孤独》书写了那么多孤独，那么多爱情，那么多死亡，书写了三者之间的无尽的缠绕与纠结、缘起与缘灭。凭着魔幻现实叙事，马尔克斯把孤独与爱情推向了人类文学的某个极限。

在小说的第四章，马尔克斯同时展开了三场爱情的书写，就像并驾齐驱的三驾马车，就像辉煌突进的音乐三重奏，爱的磁力交叉作用火力全开，简直花团锦簇，烈焰喷油，让人眼花缭乱，目不暇接！

我们来欣赏一下马尔克斯卓绝的爱情叙事，看看这三场疯狂的魔幻的震撼的爱情是怎么发生的。

一、雷贝卡与克雷斯皮

1

在乌苏娜的一手操持下，白得像鸽子的新宅落成了，家里要举行一次庆祝舞会。乌苏娜还订购了许多稀罕和贵重的东西，用作房屋的装饰和设备，除了家具、玻璃器皿、窗帷和地毯等，还有一件将会引起全镇惊讶和青年们狂欢的奇异发明——自动钢琴。

于是，年轻的皮埃特罗·克雷斯皮，作为供货商自费派来的意大利技术员，就来到了马孔多，负责装配和调试钢琴，指导使用方法：

> 皮埃特罗·克雷斯皮是个金发的年轻人，马孔多的居民还从未见过这样英俊又有教养的男子。他非常注重仪表，酷暑天气仍身着花缎紧身马甲和厚厚的深色呢料上装。（范晔译本）

如果说爱情意味着一个人游离了熟悉的日常与惯性，倏然置身于陌异的"域外状态"（德勒兹），那么对囿于马孔多小镇生活的雷贝卡来说，忽然出现的克雷斯皮，金发的英俊的克雷斯皮，无疑具备足够的陌生感与足够的异国情调，足以激发生命的"域外"感。

> 这天早晨，意大利人跟全家一起进餐。这个天使般的人，双手白皙，没戴戒指，异常老练地使用着刀叉，照顾用膳的雷贝卡和阿玛兰塔一见就有点惊异。（高长荣译本）

是的，没错，正是惊异（范晔译为"惊诧不已"，没有

惊异来得准确：除了惊奇，还有陌异，加在一起即域外感），让一个女孩触及了"域外"的门槛，遇到了爱情发生的先兆，就像碰触了高压电线。

2

这里需要强调一下爱的空间条件或环境问题。

如果雷贝卡是在大街上看到克雷斯皮，多半也会产生惊异，但也许就停在了惊异，不会轻易触发爱的磁力机制。但家不一样，那是自己做主自己说了算的地盘，她在惊异之中依然保持完整的自我与自信，她依然独立而且自主，惊异之余，完全可能或可以进一步发出爱的磁力线。

3

总是异想天开的父亲霍·阿·布恩蒂亚见到自动钢琴后，放弃了用照相机追踪上帝的影像，开始把兴趣转移到了自动钢琴，他拆开了自动钢琴，打算识破它那不可思议的秘密。好不容易重新装好，自动钢琴已经只能发出杂乱无章的噪声来了。

为了修好自动钢琴，只好又一次请来克雷斯皮。在他离开之前，用修好的自动钢琴举行了一次欢送舞会：

皮埃特罗·克雷斯皮和雷贝卡搭配，表演了现

代舞的高超艺术。阿卡蒂奥和阿玛兰塔在优雅和灵巧上可跟他们媲美。(高译)

两人翩翩起舞的过程，无疑正是爱的磁力发生相互作用的时候。舞会一直持续到午夜，克雷斯皮走之前发表了一通动人的告别演说，并答应很快回来：

雷贝卡把他送到门边；房门关上，灯盏熄灭之后，她回到自己的卧室，流出了热泪。这种无可安慰的痛哭延续了几天，谁都不知道原因何在，甚至阿玛兰塔也不明究竟。对于雷贝卡的秘密，家里人并不感到奇怪。雷贝卡表面温和，容易接近，但她性情孤僻，心思叫人捉摸不透。(高译)

我们知道，雷贝卡是个孤儿，当初，她十一岁时背着父母的尸骨袋投奔马孔多布恩蒂亚一家，所以她的孤独几乎是与生俱来的。她的怪僻之一就是喜欢吃土，乌苏娜好不容易用橙子汁和大黄的混合药剂治好了她的泥土嗜好。她还给马孔多带来了那场魔幻的失眠症。

高译的"流出了热泪"显然比范译的"恸哭起来"，更准确地吻合雷贝卡的孤僻性情。

由于爱情的强烈作用，雷贝卡又开始吃土，小时候的嗜好卷土重来。

4

现在，每逢雨天的下午，她跟女伴们一起在摆着秋海棠的长廊上绣花时，看见园中湿漉漉的小道和蚯蚓垒起的土堆，她会突然中断谈话，怀念的苦泪就会流到她的嘴角。她一开始痛哭，从前用橙子汁和大黄克服的恶劣嗜好，又不可遏止地在她身上出现了。雷贝卡又开始吃土。她第一次这么做多半出于好奇，以为讨厌的味道将是对付诱惑的良药。实际上，她立刻就把泥土吐了出来。但她烦恼不堪，就继续自己的尝试，逐渐恢复了对原生矿物的癖好。

这里可以顺便领会一下马尔克斯的魔幻现实主义，对常人来说，吃土简直不可思议，听着都魔幻，可世界上的确存在嗜土症，所以它又真实而现实，所以，雷贝卡吃土是小说中典型的魔幻现实细节。

雷贝卡吃土的细节，突出了爱情的剧烈到惨烈的强度，而当爱情发生在雷贝卡这样的孤僻女孩身上时，情形更加可想而知。"对原生矿物的癖好"，马尔克斯用这样一个专业术语，精准地隐喻或映射了爱情的古老的原始的本能般的状态，这样原初的爱情状态，这样纯粹的磁力作用，经历了文明与规约的现代人身上已不复可见，这就是我们读到雷贝卡的爱情故事时特别震惊的原因！

当然，运用雷贝卡吃土的细节，马尔克斯还出神入化地表达了爱情发生时魔幻般的生命感觉，突出了爱之磁力的超时空作用：

> 这一撮撮泥土似乎能使值得她屈辱牺牲的唯一的男人更加真切，更加跟她接近，仿佛泥土的余味在她嘴里留下了温暖，在她心中留下了慰藉；这泥土的余味跟他那漂亮的漆皮鞋在世界另一头所踩的土地息息相关，她从这种余味中也感觉到了他的脉搏和体温。（高译）

这是表达爱情发生的卓绝的叙述，是对爱情本身的空前的讴歌与赞美，想象奇诡，魔幻而又现实！

相比之下，范译的这一段效果就差强人意，弱了许多：

> 这一把把泥土使那唯一值得她自轻自贱的男人不再遥远更加真切，仿佛从他脚上精巧的漆皮靴在世界另一处所踏的土地传来矿物的味道，她从中品出了他鲜血的重量和温度，这感觉在她口中猛烈烧灼，在她心里留下安慰。（范译）

"一把把"显然太多了，不如"一撮撮"准确，关键是，高长荣译出了口中泥土余味与漆皮鞋在世界另一头所踩土地

之间的玄妙关联，范晔的译文失却了这样的关联，或者说连接得有些生硬。

5

当然，爱情的发生，除了让雷贝卡流泪痛苦去吃泥土，马尔克斯还叙述了另一个典型的心理症候：焦虑。

用来表达这种焦虑的，是雷贝卡等信的细节。

自从镇长大女儿安芭萝给雷贝卡捎来克雷斯皮的一封情书之后，期盼邮差等待情书就成了她的生命呼吸：

> 每天下午四点，雷贝卡一面坐在窗前绣花，一面连等候自己的情书。她清楚地知道，运送邮件骡子前来马孔多每月只有两次，可她时时刻刻在等它，以为它可能弄错时间，任何一天都会到达。情形恰恰相反：有一次，骡子在规定的日子却没有来。雷贝卡苦恼得发疯，半夜起来，急匆匆地到了花园里，自杀一样贪婪地吞食一撮撮泥土，一面痛苦和愤怒地哭泣，一面嚼食软搭搭的蚯蚓，牙床都给蜗牛壳碎片割伤了。到天亮时，她呕吐了。她陷入了某种狂热、沮丧的状态，失去了知觉，在吃语中无耻地泄露了心中的秘密。（高译）

写出了这样的期盼与焦虑，写出了这样的割伤与呕吐，马尔克斯就写出了爱情发生的魔幻与现实！

乌苏娜发现了箱底的那捆情书和那些残余的树叶和花瓣，此外就是些蝴蝶标本，一碰就变成了灰。

然而，雷贝卡的爱情发生之时，恰是阿玛兰塔嫉妒产生之日。当家长们决定让雷贝卡与克雷斯皮结婚，并把阿玛兰塔带到小城观光以便减轻她失恋的痛苦的时候，雷贝卡的各种爱情症候立刻康复，但阿玛兰塔却在心里赌咒发誓：

"雷贝卡只有跨过她的尸体才能结婚。"

就像我们在后面读到的那样，这样过分奇异的爱情注定只能是一场悲剧。

二、奥雷连诺与雷麦黛斯

1

奥雷连诺的爱情与雷贝卡的爱情在第四章交叉叙事并驾齐驱，但他的爱情却开始得更早，在第三章结尾即已发端。

马孔多来了镇长一家，与父亲布恩蒂亚发生了冲突，最后总算和解了，奥雷连诺与父亲一起去镇长家拜访的时候，

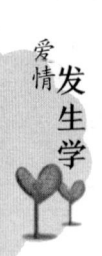

第一次看见了镇长的小女儿：

> 镇长的小女儿雷麦黛斯，就年龄来说，也适于做奥雷连诺的女儿，可是她的形象却留在他的心里，使他经常感到痛苦。这是肉体上的感觉，几乎妨碍他走路，仿佛一块石子掉进了他的鞋里。（高译）

奥雷连诺继承了家族的孤独基因，他的孤独根深蒂固，孤独是他生命的根本与灵魂的质地，也是他的精神气质，这样的人往往拥有另类的爱情天赋与别样的爱的磁力。相比之下，哥哥阿卡蒂奥继承的是家族中的莽撞基因，他也许有肉体的孤单，却没有那种精神性的灵魂深处的孤独。所以，阿卡蒂奥寻觅的是肉体之爱，是性的抚慰，而奥雷连诺却追求灵魂之爱，他对雷麦黛斯的超越年龄的爱情之怪异与畸形，与娈童癖或洛丽塔无关，反映的恰是他生命的异禀与灵魂深处的孤寂（读到后面我们就知道，奥雷连诺对雷麦黛斯的爱情虽然发生于她十一岁之际，但爱情的完成以及婚姻却在她长大之后）。

2

可是，奥雷连诺的爱情追求实在有些惊世骇俗，他甚至不知道自己应该从何着手。虽然苦苦地想念小姑娘雷麦黛斯，可是总也没有机会见到她。他跟几个朋友没事就在街上溜达，用渴望的目光在镇长家开的缝纫店里找她，可只看见她那几个姐姐。

自从在家里看到给雷贝卡捎情书的安芭萝，奥雷连诺的内心一下子燃起了希望，他觉得这是一个预兆，并相信雷麦黛斯一定会跟大姐安芭萝一块来家里玩，他低声自语着"一定"这两个字：

> 他怀着那样的信心多次叨咕这几个字，以致有一天下午，他在作坊里装配小金鱼首饰时，忽然相信雷麦黛斯已经响应他的召唤。的确，过了一会，他就听到一个孩子的声音；他举眼一看，看见门口的一个小姑娘，他的心都缩紧了。（高译）

你看，爱情可以让人灵魂出壳，可以让人产生心灵感应，爱情既现实，又魔幻！"心都缩紧了"，就像被烫着一般，多么强烈的爱之磁力，多么简洁而又准确的表达！

虽然姐姐安芭萝不让妹妹走进金鱼作坊，但好奇的小姑娘还是进来玩了，还问了关于小金鱼的什么问题：

> 奥雷连诺突然喘不过气，无法回答她的问题。

（高译）

"突然喘不过气"，一句话就写出了爱情的发生之奇异与剧烈。可奥雷连诺的爱的磁力线，就像淋在鸭子身上的水滴，无法穿透雷麦黛斯的天真与无知。

3

个性坚毅的奥雷连诺并没有被爱的绝望压倒。

当雷贝卡因为爱情的痛苦而吞食泥土的时候，同一屋檐下的奥雷连诺用无头无尾的诗句倾诉自己的爱情。两场爱情一开始是分段叙述的，到这里，交叉叠合在了同一段落里。

也许内敛而孤独的奥雷连诺本来就有创作诗歌的天赋，而爱情的发生把这一天赋激发无遗：

> 他把诗句写在梅尔加德斯给他的粗糙的羊皮纸上、浴室墙壁上、自个儿手上，这些诗里都有改了观的雷麦黛斯：晌午闷热空气中的雷麦黛斯；玫瑰清香中的雷麦黛斯；早餐面包腾腾热气中的雷麦黛斯——随时随地都有雷麦黛斯。（高译）

马尔克斯在整部小说里一直采用魔幻现实的语调来叙事，为了用二十多万字的篇幅写出一百年的孤独家族，为了保持叙事的节奏与速度，他讲述而不描述，更不煽情或抒情。他把唯一的抒情的诗一般的段落献给了奥雷连诺与雷麦黛斯的爱情，因为这场爱情发生得太离奇太绝望了。

4

绝望而痛苦的奥雷连诺只好找到寡妇皮拉·苔列娜，到她那儿寻求安慰与帮助。

苔列娜曾是少年奥雷连诺的爱情幻想对象，他见过哥哥阿卡蒂奥与她混在一起时的情形。情窦未开的他当时问哥哥："爱情像什么呀？"

爱与性对弟弟来说都还太陌生，跟他解释他也不能够理解，所以，只能用比喻；而这又是一句人物的对话，要考虑真实性与生活气息，不能说得太玄乎太文艺，什么"像在深渊里坠落啊"，"像一阵电流通过脊椎啊"，这样的喻象都俗套，都平庸，都言不达意，都太文绉绉。

马尔克斯的叙述完全超越了人们的想象，哥哥阿卡蒂奥的回答简直让人拍案叫绝：

"像地震。"

爱的地动山摇的震撼性、性与死亡的关联、激情的摧枯拉朽般的力量，一切都在其中；更关键的是，这句回答那么简洁又那么结实，那么准确又那么有生活质感。所以，无论从对话角度还是比喻角度，这都是一个罕有的精彩绝伦的叙

述案例。

另外，地震波多么像我们一直说的爱的磁力呵。

5

苔列娜得知奥雷连诺的爱情秘密之后，放声大笑，她一边答应帮忙，一边打趣说：

"你先得把她养大。"

鼓起勇气的奥雷连诺把发生在自己生命里的爱情告诉了父母。父亲的反应可想而知：

当听到那未婚妻的名字时，何塞·阿尔卡蒂奥·布恩蒂亚气红了脸。"爱情是瘟疫！"他咆哮着。（范译）

母亲乌苏娜出人意料地支持儿子的爱情与决定，也许是因为天下的母亲都惯着儿子，也或许是因为做母亲的最了解奥雷连诺的异秉与个性。她毅然决然地跟丈夫一起去镇长家为儿子求婚。

虽然苔列娜施展自己的巫术让小女孩答应嫁给奥雷连诺，可求婚那天，镇长一家还是深感诧异，以为搞错了，以为奥雷连诺爱上的是另外的女儿。确认之后，做母亲的问雷麦黛斯是否已经做出嫁人的决定，小女孩哭哭啼啼地回答只想继续睡觉。

次日，母亲乌苏娜再次登门拜访：

> 她带回了蕾梅黛斯还没到青春期的消息。奥雷里亚诺并不认为这是无法逾越的障碍。他已经等了那么久，如果有必要还可以等下去，直到未婚妻达到生育的年龄。（范译）

6

发生于奥雷连诺生命里的这场爱情，后来以婚姻的方式得以完成。

可是，由于阿玛兰塔的嫉妒，本欲毒死雷贝卡的混有鸦片酊的咖啡，却不小心被婚后的雷麦黛斯喝了下去。

在马尔克斯笔下，爱情与死亡总是这样难解难分如影随形。

经历了这场悲剧后不久，奥雷连诺就把此后的人生投入到了革命的洪流之中。但：

> 几年以后，奥雷连诺站在行刑队面前的时候，

想到的最后一个人就是雷麦黛斯。(高译)

三、阿玛兰塔与克雷斯皮

1

爱情三重奏的最后乐章是嫉妒。

几乎在雷贝卡的热烈的爱情暴露以后,阿玛兰塔就像"患了热病"一样爱上了克雷斯皮。

她被单相思所煎熬,所以绝对不能接受雷贝卡的爱情,她对雷贝卡的嫉妒达到了疯狂的地步,并不惜以死亡为代价。

只是,付出这一惨重代价的是无辜的雷麦黛斯。

2

阿玛兰塔也偷偷写了许多情书,她只能把这些没有寄出的情书藏在了箱底,就像她只能把对克雷斯皮的爱情藏在心底一样。为了让爱情继续,阿玛兰塔以更加疯狂的方式嫉妒雷贝卡。

这嫉妒最后变成了仇恨,彻底腐蚀了生命与爱情,并让雷麦黛斯不幸殒命。

但从另一方面,嫉妒的疯狂程度,恰可测量爱情发生的疯狂程度，这样的疯狂就像热病，就像瘟疫。

3

后来，雷贝卡只好放弃了永难实现的爱情，转而投入流浪归来的阿卡蒂奥的怀抱，走向了完全不同的孤独终身的命运之途。

克雷斯皮回心转意，准备接受阿玛兰塔的爱情。

但随着雷贝卡的退出，阿玛兰塔对雷贝卡的嫉妒倏然消失，与此同时，阿玛兰塔心底被嫉妒所支撑所腐蚀的爱情也就死亡了，现在，剩下的只有对克雷斯皮的恨。

所以，她一口拒绝了克雷斯皮。

克雷斯皮就像一头被爱情吞噬的食草动物，撞上了比死亡更黑暗的仇恨的枪口。

为了摆脱阿玛兰塔的仇恨，为了摆脱爱情的绝望，克雷斯皮选择了自杀。

4

从此，阿玛兰塔不再仇恨，不再嫉妒，也不再爱（她后来还拒绝了马克斯上校的求爱并克服了另一场乱伦之恋），她与自己的孤独为伴，孤独成了她唯一的朋友。她活着只为了两件事：

一是为自己缝寿衣，二是等待死神在她算好的日子如期到来。

凭着绝对的孤独，一个人超越了爱神，当然也就超越了死神。

在马尔克斯魔幻现实的叙述中，阿玛兰塔终成孤独、爱情与死亡的三位一体。

穿过虚无抓住命运的手

1

毫无疑问,把爱情发生时的生命震撼与灵魂战栗,写到地震、瘟疫甚至死亡般强烈程度的作家,马尔克斯应该是不遑多让的吧。而把爱情的发生,写得像一场战争像一场苦难的作家,则非古典大师司汤达莫属了。

2

于连是锯木匠索黑尔的第三个儿子,十八九岁,准备当教士,曾跟一个老军医学习过拉丁文。这个老医生参加过拿破仑在意大利的所有战役,是一个自由党人,曾获得过国家嘉禾勋章,他对于连的人生观与世界观无疑是有影响的。于连虽然只是个农民的儿子,而且饱受父兄的欺压,但他容貌俊美，性格纤敏倔强，爱读书，又精通拉丁文，记忆力惊人，能背诵拉丁文的《新约全书》，颇有自己的抱负和野心。

为了更好地照顾三个孩子，也为了面子问题，有钱有势的德·瑞那市长想请于连做孩子们的家庭教师，每年给三百法郎，供膳食，主要教孩子们拉丁文。他的竞争对手比如寄养所所长哇列诺家，虽有四轮轻车与新买的两匹洛尔曼马可以骄傲，但却没有家庭教师。

德·瑞那夫人虽不无担心之处，比如年轻人对孩子会不会太严厉，但她还是无条件地接受了丈夫的计划。

德·瑞那夫人是一个窈窕的少妇，长得丰满合度，端正秀美，年轻时是本地的美人，具有天然的风姿与美貌，流露着无限的活泼与天真。生性腼腆内向，不太喜欢社交与娱乐活动。嫁给市长后，就在家相夫教子，满足于孤独闲散的生活。哇列诺曾钟情于她，不过没有成功，为了这件事，"她的贞操增加了很大的光辉"。

我读的是罗玉君先生的译文。

3

于连并不想到别人家去做奴仆，也不愿意与佣人们一起吃饭，他想当教士或去从军。他最爱读的书是卢梭的《忏悔录》，他靠这本书来建筑他的理想世界，他的矛盾性格也由此而来。此外，拿破仑的《出征公报节略》和《圣爱伦回忆录》也是他最珍贵的经典。

父亲与德·瑞那市长谈判的结果，同意于连和男主人女主人一起吃饭，绝不是和奴仆同桌，只是在宴请宾客时，于连得和孩子们在另一间房用膳，狡黠的索黑尔还把薪水提高到每月三十六法郎。

于连虽然同意去做家庭教师，但肯定心有不甘，此外，当然也有忐忑与怯懦，为了克服这样的心理，在去德·瑞那市长家的路上，还拐到了教堂去祈祷了一番。在祈祷小凳上，他看到一张处决书的片断，被处决的人名叫路易·约黑尔，恰巧与他的名字的末尾相同。这个小细节，可以与《安娜·卡列尼娜》中安娜与伏伦斯基第一次在火车站见面时那个养路工的死亡事件相比较，两者都暗示和预兆了最后的悲剧性结局。

走近德·瑞那市长府第，来到大铁门外，于连心里胆怯而又慌乱，眼里闪着泪光。

同样有这样的胆怯与局促不安的，是德·瑞那夫人。在她的想象里，于连是一个面目污垢、乱发蓬松、粗野不堪的人，她深爱的三个孩子，不仅要与她分开，单独住一个大房间，而且可能会遭受这个家庭教师的责骂或鞭打。

4

德·瑞那夫人看见大门外有一个年纪轻轻的乡下人，"差不多还有孩童气息"：

他的面容非常苍白，脸上还有泪痕，穿着雪白的衬衫，臂下夹着紫色绉布做成的短衣，十分清洁。

这个年轻的乡下人的面色既是这样白嫩，眼睛又是这样温柔动人，使得德·瑞那夫人充满了幻想的心灵，第一眼看见他的时候，便起了一个奇怪的念头，以为他实际上是一个少女，故意假冒男装，特来向市长先生说情讨恩的。

她并不知道于连就是那个家庭教师：

"我的孩子，你来这儿干什么？"

于连耳边听到这温柔轻快的问话时，几乎骇得发抖：

于连很快地回过头来，他被德·瑞那夫人的温柔的眼睛吸住了，也忘记了一点羞怯。立刻使他更惊奇的是她的美丽，于连忘记了一切，甚至忘记了他来这儿的目的。

德·瑞那夫人把刚才的话重问了一遍，他才反应过来，告诉她自己是来当家庭老师的，并下意识地擦掉了使他惭愧的眼泪。

这个地方，司汤达进一步叙述了两人的相互印象与那种惊异感：

> 德·瑞那夫人呆立着，说不出话来。他们两人四目相视，距离近得很。于连有生以来，不曾看见过一个人穿得这样讲究漂亮，尤其对方是一个女人，容颜这样鲜明，还用一种甜蜜的口吻向他说话。德·瑞那夫人注意到这个年轻乡下人的两颗大泪珠，还停留在洁白的腮帮上。那腮帮起初是那样的灰白，到现在变得这样红晕了。这时候她不自禁地笑了，充满着少女的疯狂似的快乐。她自己都嘲笑她自己，简直没有想到自己是多么幸福。她起初一人暗自想象那个教师，蓬头垢面，又肮脏、又褴褛的传教士，还要来打骂她的孩子们的教师，现在来到她面前了。

德·瑞那夫人称于连"先生"，一边惊奇于他居然懂拉丁文，一边确认了他不会打骂她的孩子。所以心情格外喜悦，对于连越来越有好感（见到的人比想象的好很多，茨威格在《一位陌生女子的来信》中用的也是这一招）。

于连第一次听见有人叫他先生，而且出自这么美丽高雅的女人之口，就像做梦一样。

德·瑞那夫人把于连领进屋后，可能还有些难以置信，害怕自己弄错，于是又问于连道："先生，这是真实的吗？你

懂得拉丁文吗？"

于连觉得自己的自尊心受到了损伤：

一刻钟以来，他沉湎在幻梦里，听了这句话以后，幻梦烟消云散。

"是的，夫人。"他努力摆出一副冷酷的面孔。

德·瑞那夫人看到于连脸色的变化：

她走近他的身旁，低声地说道："不是吗？在起初这几天内，你不会鞭打我的孩子，即使他们对自己的功课弄不清楚？"

这个温柔的声调，差不多近于恳求，从一个这么美艳的妇女人口中吐出，立刻使于连忘记了靠它出名的拉丁语言学者的骄傲。德·瑞那夫人离他很近，他闻到女人夏季衣衫的香味，这对于一个穷苦的乡下人说来，是怎样的惊愕啊！于连面红耳赤，不觉叹了口气，他的声音微弱起来：

"不要怕，夫人，我一切全服从你。"

经过一番沟通与表白，于连的心安定多了。他眼中的德·瑞那夫人这么美丽，对他又这么温柔，心血来潮一般，他突然起了一个大胆的念头，想去亲吻她的手，就像书中的男主人公常对女主人公所做的那样。但他马上又害怕起来，然后是对自己的无能与胆怯的不满。其实，他之所以想去吻德·瑞那夫人，与欲望几乎没有关系，他只是想通过这个举动减少她对他的轻蔑。在他的想象中，这样美丽的一个妇人，对他这个可怜的工人后代，内心一定是有些轻蔑的。趁德·瑞那夫人咨询他关于儿子的教育问题，请教他如何开始着手的当儿，于连大胆地拿过德·瑞那夫人的手送到自己的嘴边去。这个举动无疑让德·瑞那夫人大吃一惊，毕竟才第一次见到这个男孩，自己的手臂几乎赤裸在纱披巾下面，所以，她不得不对于连表现出生气的样子。

当然，德·瑞那先生回来之后，尤其是于连让孩子们翻开《新约全书》随便抽查考他，而他全部背诵出来，几乎一字不差，德·瑞那夫人的心情又慢慢恢复好转了，而且她对丈夫隐瞒了于连刚才的出格举动。

于连的拉丁文水平与惊人的记忆力，很快使他出名了，很多有头有脸的人都到市长家来亲自见识于连的出众的能力，包括本区区长和哇列诺先生。

德·瑞那先生有点担心于连会被别人挖走，急着想与于连签订两年的聘约。没想到的是，于连竟然拒绝了：

"先生，这是不可能的。"于连冷淡地答道，"如果你愿意辞掉我，我必须走开。一张聘约，束缚了我，而对于你却无任何拘束性，这是不公道的。我拒绝它。"

于连的聪明与学习能力，使他很快掌握了处世接物，各方面都应付得很好。不到一个月，连德·瑞那先生本人，也很尊敬他了。

5

司汤达在叙述这场爱情的时候，既有整体的战略部署，又有细节上的战术性安排，他更像是个军事家而不是文学家。这一章写于连和德·瑞那夫人初次见面，情节次第展开，扎实自然，心理描写细致又准确。而设计巧妙的吻手这个细节，则已经为整场爱情确立了基调锚定了重心：这场爱情不仅是普通的两情相悦，也不仅是男女的异性相吸，而且还是一场战斗与较量，是一场发生在两个阶级、两种身份和两个年龄之间的角力。

6

德·瑞那全家人人都喜欢于连，他来之后，"从前家里有些愁闷的空气，都被他驱逐走了"。但于连那方面，情况是相反的：

他在德·瑞那家所感受到的，仅仅是对于已经插身进来的上流社会的仇恨和恐惧。为什么要仇恨要恐惧，除了每餐他坐在饭桌的末端的理由外，也许无法解释。

　　于连尽量隐藏着自己的仇恨。比如对那个哇列诺先生，他靠收养所赚了那么多黑心钱，在他眼里，简直是杀人不眨眼的刽子手。

　　不久，于连的两个兄弟由于嫉妒他，在小树林里把他饱打了一顿，打得他头破血流，不省人事地昏迷过去。恰巧德·瑞那夫人陪同哇列诺与县长到树林里散步，她看见于连直挺挺地躺在地上，以为他死了，她表现得惊惶失色，十分痛心，引起了哇列诺的忌妒。

　　家里的女婢爱利沙，自从看见于连，不禁对他钟情起来。爱利沙对于连的爱情，引起了一个男仆的忌恨。

　　德·瑞那夫人眼看着于连所处的贫穷的境遇，有意赠送他一些礼物，又觉得不方便不敢送。她忍不住向丈夫请求，想买一些常用的换洗衣物送给他。

　　德·瑞那先生觉得妻子太傻，他认为，只有当于连疏忽怠慢了工作时，为了激发于连的热情，才需要送礼。于连现在服务得很好，工作挺尽职，哪需要送什么礼呢。

　　德·瑞那夫人觉得这种处世为人的态度十分可耻，在于连没有来到她家以前，她还没有注意到她丈夫这种悭吝的个性。

于连的到来，无疑影响了德·瑞那夫人对自己丈夫的感觉与看法。

她对于连，生出了越来越多的怜悯同情之心。

德·瑞那夫人本来就是一个温和善良的人，原来孩子们的小小病状就会占据她整个心灵，这么多年过去，她依然不习惯与那些爱钱如命冷酷无情的人相处，包括哇列诺与那个莫洪区长，现在，她觉得自己的丈夫差不多也是这样一个人。

相比之下，于连身上的东西，他那高贵又倔强的心灵，则让德·瑞那夫人感到新鲜，所以分外赞赏，而对于连的贫穷与不幸的境遇，则充满同情。

有一次，她想到于连的穷困与命运，不禁难受得流出眼泪。于连刚好路过，看到她脸上的泪水，就问她发生了什么。她本能而又自然地说：

"没有，我的朋友。"她回答道，"请你把孩子们唤来，我们一同去散步吧。"

这是她第一次叫他"我的朋友"，而且散步时，她挽着他的胳臂，几乎紧紧偎着他。于连觉得很奇怪。

当德·瑞那夫人表示自己继承了一个姑母的遗产，想送给他几个金路易，表示对他的工作的感谢，还嘱咐他这事不用告诉她丈夫。

于连听后很是生气，觉得德·瑞那夫人是在侮辱他，回话的措辞与口气都不好，弄得德·瑞那夫人"面色惨白，周身发抖"。

与德·瑞那夫人对于连越来越同情越来越有好感不同，于连却不知道自己应该如何应对。两个人单独在一起时，他除了拘束不安，就是沉默不语。

德·瑞那夫人对爱情其实也没有什么经验与知识。她十六岁就嫁给了德·瑞那先生，有生以来，丝毫没有感受到或者看见过世界上最微妙的类似爱情的事物。哇列诺的追求让她以为所谓爱情就是卑鄙丑恶的事，就是淫荡，而爱情小说里的浪漫故事，又让她觉得不合情理，违反自然。

也幸亏她对爱情的无知，所以她才是个完全幸福的人，而她不断地关心于连的一切，以至于让于连占据了她的整个的心，她也一点儿没有责备自己。

7

为了让爱情如战火般燃烧起来，还需要再添柴加薪。司汤达曾经写过一部爱情专著《十九世纪的爱情》，研究过爱情诞生的六个步骤，自然深谙此中原理与规律。

女仆爱利沙新近得到一些遗产，她向教士透露了自己的想法，她想要嫁给于连。

德·瑞那夫人身心的平静被搅扰了。爱利沙向她诉说婚姻大事时，她觉得自己就像是病了一样，"一种寒热病阻碍她的睡眠"。一想到爱利沙与于连将在一起生活的情景，"德·瑞那夫人确实相信她自己要疯了"。

而当爱利沙哭着告诉德·瑞那夫人，于连拒绝了她的时候，德·瑞那夫人惊得顿时"呼吸困难"。爱利沙继续就于连唠叨了些别的：

德·瑞那夫人没有再听下去。过量的幸福几乎已经剥夺了她的理智的运用。

等德·瑞那夫人核实了这事之后，她答应爱利沙去和于连说一说，看他能否回心转意：

第二天午餐以后，德·瑞那夫人心里怀着无限的愉快和柔情，去和于连谈话……她知道爱利沙完全被于连拒绝了。

我们来看看德·瑞那夫人此时的心情与生命状态：

她抵御不住幸福的激流了，在这么多失望的日子以后，如今这股幸福的流泉泻落在她的心海里。她有些晕眩，不能支持了。当她恢复过来，安适地睡在房间里的时候，她遣散了左右的人。她万分惊骇。

"难道我爱着于连吗?"终于她向她自己说了。

这种发现,在往常她一定惭愧悔恨,会激动她整个的心,可是今天只是一片奇异的光景。

晚餐大家一起吃饭时,当德·瑞那夫人听到于连说话的声音的时候,她的脸"绯红"起来。她为了掩饰自己,就抱怨头痛得厉害。

德·瑞那先生听后却报之以"粗暴的笑声",并说:"女人这个机器,老是有东西需要修补。"

德·瑞那夫人在平时已经听惯了丈夫这类话,不过今天他说话的语气却使她"大大地憎恨"。为了找点安慰,她只好"仔细瞧瞧于连的脸"……

接下来,司汤达运用了叙事中的空间转换,空间的转变,常常导致情随景迁,让爱情柳暗花明。

每到春光明媚的季节,德·瑞那先生一家就会到凡尼乡下一座带果园的别墅去住一阵。与往年不同的是,今年家庭教师于连陪孩子一起来到了乡下。

到凡尼的第三天,德·瑞那先生为市政府的公务回到维立叶尔去了。而就在当天,德·瑞那夫人就用她自己的钱雇来工人,依照于连的意见,在果园修筑了一条散步用的沙石小径。

乡间的景物格外新奇,让人心神骀荡,德·瑞那夫人每天都很快活,她与孩子们一起在果园散步,或者赛跑,或者捕蝴蝶。

于连自然陪在身边。两个人有很多话可说,并从而感到"最大的快乐"。爱利沙发现,女主人从没有这样用心打扮过,"每天要换两三次衣服"。

德·瑞那夫人这次还带来了一位少妇——德薇夫人,是她的亲戚,也是她从前在圣心院时的同学。德薇夫人发现"自己的表妹比从前幸福多了"。

于连这方面,当然也很是开心很是快乐:

> 他像个小孩子那样地生活着。自从他来到乡间以后,领着他的学生们跟着蝴蝶追赶,也和他们一样地幸福快乐。经过那么多的压抑束缚,以及巧妙的政治手腕以后,现在是很自由的一个人了。离开许多忌妒的男人的眼睛,而且由于天性,他丝毫不惧怕德·瑞那夫人,他现在是尽量地发展他的生命力,享受生存的快乐。

接下来,就来到了"手"的细节,它相当于这场爱情叙事的通关密码或钥匙。在整个文学史上,还从没来没有一个作家,把一只抓住爱情的手,把一只穿过虚无抓住命运的手,写得这么强健有力,这么令人震惊!

天气很热了,一到晚上,于连与两个少妇就到一株极茂盛的菩提树下去乘凉。有一个晚上,于连和她们谈得正起劲,为了博得她们的欢喜，他讲到得意时挥动起手臂，因此撞着了德·瑞那夫人放在椅背上的手了：

> 这只手很快地就缩回去了。于连心想这只手，假如他偶尔撞着仍不退缩，他应该把它紧紧地握住，这是他的"责任"。他这种应尽责任的观念，使他想到假如她的手不再回到原处了，这就变成可笑的事。或者变成他自卑的情感的创伤。这几个问题一来，使得他心中原有的快乐立刻烟消云散了。

8

有了头天晚上的"失手"与创伤之后，于连的内心变得更加跃跃欲试，变得更加勇猛好斗：

> 第二天当他看见德·瑞那夫人的时候，他的目光奇怪得很，他望着她，仿佛她是个仇敌，他正要上前和她决斗交锋。

整个白天，他都用阅读来"增加他的力量，来振作他的精神"。

他无心教孩子们的功课。当德·瑞那夫人来到眼前时，他暗中决定，今晚一定要握住那只手。

眼看就到了傍晚,"决战"的时刻临近了:

红日渐渐西沉了,渐渐接近那个决定性的时刻,这叫于连的心古怪地急跳着。美丽的夜色已经来到了。他仔细察看,怀着一种欢乐,好像从他胸口移开了一个重大的巨压。今宵没有星光月光,将是最黝黑的一夜。天空中笼罩着大块大块浓厚的黑云,随着十分闷热的风飘荡不定,好像预示暴风雨将要降临。

这哪是爱情发生的场面,这完全是决战前的战场,黑云压城,一触即发。

大家终于坐了下来,德·瑞那夫人坐在于连身旁,德薇夫人则坐在她女友的旁边。也许是紧张的原因,三个人的谈话有一句没一句,于连暗想:

"有一天我如果和一个人第一次决斗,难道我也是这样地怯懦战栗和不幸吗?"

有那么一会,于连甚至希望德·瑞那夫人忽然有事,使她不得不离开花园,回到屋子里料理那些事情,这样,他就不用考验自己的胆量,不用遭罹风险了。他的心里很矛盾。他极力压抑自己,折磨自己。但结果就像压紧复弹开的弹簧,反而使他发出巨大的内心力量,这力量太猛烈了,使他

"讲话的声音完全嘶哑了"，他的表情与嗓音无疑也影响到了德·瑞那夫人：

> 不久德·瑞那夫人的声音也战栗起来，但是于连只顾挣扎自己，还未发现她的声音的改变。他的责任的观念和他的怯懦的心理斗争，这种可怕的斗争太痛苦了，使得他，看不清他自己，也看不清别人了。

屋里的钟响了九点三刻，于连暗自决定，一定要在十点钟实现自己的计划，否则，回寝室后一定要"打出自己的脑浆来"：

> 在等待与焦急里，于连的过分紧张的激情，使他几乎失去知觉。终于传来十点钟的钟声，飘过他的头上，这命运的钟声每敲一下，在于连的心头引起一个回响，他的肉体也不由得不跳动一下。

号角已经吹响，跳出战壕，发起进攻的时刻到了：

> 十点钟敲最后的一下，在他的心里起着更大的回声的时候，他伸出他的手去把德·瑞那夫人的手握着。但是她的手立刻就缩回去了，于连不知道怎样

做才好，本能地又把她的手抓着。他在无限的感动里，他还感觉到他握着的手，冷得像冰霜一样，这给了他一个大大的打击。他拼命地把这只手紧紧地捏着。她再努力缩回这只手，但是结果这只手还是在于连手中握着。

最紧张最高压的时刻已经过去了，于连终于取得了这场战斗的阶段性胜利：

> 他的心浸润在幸福里。并不是他爱着德·瑞那夫人，而是一个可怕的苦难已经完结了。

当然，这场爱的战争还将继续，于连还将遭遇更多更大的苦难。但那又什么关系呢，至少，此时此刻，于连穿过虚无抓住了那只命运的手，品尝到了胜利的滋味，体验到了爱情发生时的幸福，这胜利和幸福洞穿了他的灵魂，像焰火一样照亮了他那悲剧性的黑暗人生。

画面左上方的小窗户

1

阿根廷作家萨瓦托是我特别偏爱的作家，对他的喜欢，有时甚至超过了博尔赫斯。

萨瓦托的人生经历与创作生涯，都充满了传奇色彩。他本来是一个顶尖的物理学家，在驰名世界的居里实验室搞研究，是阿根廷在物理学领域的领军人物与希望所在，后来因为喜欢文学，放弃了物理学研究，成了一名独特的作家。

萨瓦托的文学创作，无疑受到物理学研究的影响，他把理性分析与逻辑思维融入了自己的叙事之中，连他写作与发表作品的时间间隔，似乎都有一定的科学规律：每隔十三年发表一部小说。

三十七岁时发表第一部小说，即中篇《暗沟》，十三年后发表长篇小说《英雄与坟墓》，再过十三年发表另一部长

篇《地狱使者亚巴顿》。

《暗沟》是一部爱情小说，同时也是一部犯罪小说，写的是一个相爱相杀的故事，以细致深邃丝丝入扣的文笔，描画了男主人公的心理活动与畸变，将其孤独、压抑、失望以及病态的内心世界一览无余地呈现在读者面前，折射了二战后人性毁灭、价值崩塌的社会状态。小说甫一发表，便得到了加缪等欧美知名作家的好评与支持，小说所塑造的这个人物，被认为是一个极富象征性与时代性的典型形象，堪与卡夫卡、福克纳笔下的人物相媲美。

小说的叙事，采用了杀人犯第一人称回忆的视角，叙述了画家胡安·巴勃罗·卡斯特尔与女主人公玛丽亚相遇相爱并相杀的故事。

我们来看看，萨瓦托是如何叙述这场爱情的发生的，看看他的文笔有着怎样的张力与势能，看看他如何用逻辑与理性捕获命运的神秘与爱情的玄机。

无疑，爱情发生时积骤的势能，释放出来，才会形成后面的悲剧性动能。

2

"我"是个画家，那年在"春厅"展出一幅题为《母性》的画。画面是一个母亲正在逗自己的孩子玩，属于母爱的主题：

但是，通过画面左上方的一扇小窗户还可以隐隐约约地看到一个小画面：荒凉的海滩边上有一个眼望大海的女人。她望着大海好像在等待着什么，可能是等待已经消失了的遥远的呼唤。我认为，这个画面提示的是一种忧郁的绝对的孤独感。（徐鹤林先生的译文。下同）

没有人注意到这个关键的细节，人们只朝它匆匆溜上一眼，以为它仅起到装饰作用，无关紧要。只有一个人例外：

那是在开幕的一天，有一位陌生的姑娘在我的画前待了很长时间。看上去她并不注意画面上最显眼的正在逗孩子玩的妇女，相反，她紧盯着画上方窗户里的景色。我敢肯定，她在看画时，与整个世界隔绝了；看不到也听不到在我的画前走过或停下来的人。

"我"热切地观察着她：

当我还在无法战胜的害怕和想要喊住她的惶惑不安的念头之间犹豫不决的时候，她却在人群中消失了。

一想到可能永远再也见不到消失在布宜诺斯艾利斯几百万无名居民中的她,"我"心里又恼火又伤心。

当天晚上回到家里,"我"有点神经质,闷闷不乐,感到莫名的忧伤。

因为,对一个孤独而又内向的艺术家而言,这样的唯一的知音,千金难买,可遇而不可求,比一见钟情的恋人更让人难以释怀无法放弃。

展览会结束前,"我"天天都去展出大厅,站在自己画前很近的地方,察看着看画的人。但她再也没有出现。

几个月过去了,她仍然萦回在"我"的脑子里,几乎有些魂牵梦萦:

> 除了她,我什么也不想,我只想重新见到她。在某种程度上说,我只是为她才画画的,似乎那个小窗户里的景色开始变大了,扩展到整个画布、整个作品中来了。

3

有一天下午,"我"终于在大街上见到了她。她正在另一边的人行道上匆匆走着,好像是一个要在规定时间内到达某地的人。

"我"马上认出了她,整个人被一种无可名状的激情攫住。几个月来一直在想她,一直想再见到她,以至于真的见到她的那一刻,"我"反而不知所措了。

在这个地方,萨瓦托让叙事时间暂时停顿,像蒙太奇切换一样详细回叙了主人公此前的心理与设想,像剥笋一样层层深入,像演算数学方程一样步步为营,逻辑严密,几乎滴水不漏。一方面是因为回忆性视角使然,另一方面,也充分体现了前物理学家的思维习惯,体现了他的理性分析能力:

> 实际上,对于遇见她时应采取的做法,我曾多次仔细地思考和设想过。我已经说过了,我是一个羞怯的人,所以,对遇见她的可能性和对这种机会的利用,我曾再三斟酌……
>
> 在这类想象的相遇中,我分析了各种可能性。我了解自己的性格,也知道临时和突然出现的局面将会使我发愣、羞怯,呆若木鸡。于是,我对几种符合逻辑的或至少是可能的场合作了准备。
>
> 看上去,那位姑娘是经常去看画展的。如果在一个画展里遇见她,我就可以站到她身边,这样就能不费事地就某些展品同她搭上话了。

仔细推敲一下后,"我"又放弃了这个想法。因为"我"

从来不去看画展。萨瓦托用了很长的篇幅分析了"我"为什么拒绝看画展：

> 首先我要说，我憎恶小集团、宗派、社团、行会等一切以职业、爱好或同一怪癖的家伙们组成的各种团体。这些集结体有一系列怪诞的属性：同一类型的重复、行话、自以为高人一等的自负。

接着，萨瓦托以主人公的名义，解释了什么叫"同一类型的重复"：

> 我说的"同一类型的重复"是什么意思呢？大家可能发现遇到一个不停地挤鼻子弄眼睛的人时是多么讨厌。但是，你们想象过这些人同在一个俱乐部里的情景吗？用不着这样极端化，只要看看人口众多的家庭就行了。这里某些外形、表情、声音的调门都是重复的。有一次我爱上了一位女人（当然不提她的姓名），却对有可能见到她姐妹而吓得退避三舍。另一件同样可怕的事情：我认识了一位独具线条的女人，但是，当我认识她的一个姐姐时，我就长时间地消沉和羞愧：在那个女人身上我认为是绝妙的线条放在她姐姐身上却变成过分畸形，有点丑化了……

接下来解释的是"行话"。比如朋友交谈时，只说"协会的主席"，却省略了什么协会这样的自以为是的习惯。顺便叙述了主人公参加的心理分析协会举办的酒会，在一尘不染的环境里，一堆看上去高尚优雅的人，嘴里说的全是什么肛门、受异性虐待和泌尿生殖系统的话语，这样的反差让主人公几乎要窒息，走到大街上，看见卖报的、一个小孩和一个司机时，呼吸才恢复过来。

然后，讲述了"我"为什么最憎恶画家的社团，并认为艺术评论家完全是个笑话：

> 如果我是一位杰出的外科医生，而一个从未拿过手术刀的先生、一位既非医生甚至连猫爪子也没有接触过的人来评议我手术中的错误，你们会怎样想呢？

4

我离题了。

用这样一句自嘲作为过渡，另起一节的叙事又回到"我"与她相遇的设想上来，通过前面一节的分析，已经排除了在某个展览会上遇见她的可能性。"我"与她还有哪些其他相遇可能性呢？

比如，她的一个朋友正巧也是"我"的朋友。当然，"我"很快否定了这样的可能性，因为不知道她是谁也就不可能遇见她的朋友，如果已经知道她是谁，还要第三者干什么呢？用中国话来说，这是脱裤子放屁，多此一举。

再比如，相反的可能，那就是看看"我"的朋友中会不会偶然也有她的朋友。只要向熟人打听一个身高、头发等如何的姑娘就行了。但"我"又觉得这样做显得轻浮而否认了这种可能。

最后，只剩下了街头相遇。"我"设想过各种街上遇见她的可能性，想象自己会怎么跟她搭讪，又觉得这方面是自己的软肋，转而想象先由她开口，比如向"我"问地址或公交车，"我"借机跟她交谈，"我"将侃侃而谈、话语稳重或谈笑风生，"我"甚至想象过自己会突然态度粗暴从而导致两人不欢而散，等等。"我"觉得最大的困难在于如何从一般的聊天和搭话，自然地过渡到艺术的本质或她对自己画中的那扇窗户的印象。"我"越想越觉得这真是不容易。

在一个失眠的晚上，"我"想好了遇到她时应该孤注一掷单刀直入，直接问她："你为什么只看画面上的小窗户？"第二天，经过冷静的分析，"我"又推翻了这样的决定，觉得自己没有这么大的勇气，觉得这样做几乎有些突兀，过于自负。

"我"已经记不清自己到底设想过多少相遇的可能方案

了,但觉得它们都太复杂,几乎没有一个方案是行得通的:

> 制作一把异常复杂的钥匙竟然能打开一把事前连形状也没有见过的锁,真是千载难逢的奇迹。

5

经过这么多回叙,拐了这么大个弯,叙事才重新回到当下的街道相遇。

这些几乎离题的分析与回叙,一方面体现了前物理学家萨瓦托的创作风格与思维特征,另一方面,也是对主人公个性的间接描写:他是一个外表羞涩内心纤敏的人,甚至是一个遇事多虑、喜欢质疑猜忌的人,对遇到的任何事情都要作一番辩解的人,正是这样的个性,导致了这场爱情最后的悲剧结局。

这些离开叙事进程的回叙,从叙事动力学的角度,当然是符合张力原理与势能原理的。如果从画展到街上相遇的那几个月里,按顺序叙述那些设想与分析,结构就太呆板,缺少变化,叙事速度过于拖沓缓慢,太没有悬念,因为这些设想,从叙事的性质上看,有点像古典小说中的议论,没有时间的进展,属于停顿性的想象,对读者的耐心,对故事的吸引力,都有负面影响。而如果先交代几个月后的某一天在大街上再度相遇,然后暂停叙事时间,刹住叙事进度,回过头去补叙那些设想，等于是给了读者一种高能预告与悬念，读者就会有相应的足够的耐心，因为对那个相遇场面的期待，自然会对他的阅读形成一种激励。

萨瓦托对叙事原理的精通与技巧的娴熟，可见一斑。

"我"在大街的人行道上看到了她，脑子里翻腾着许多见面的设想与计划，当然它们都很难付诸实施。一旦对话，"我"希望她能采取主动，自己看情况而行，拭目以待。

"我"感到紧张和激动，丢开了一切杂念，只是沿着人行道一个劲儿地跟着她。

我们这样走了几个街区，她继续坚定不移地走着：

> 我很懊恼，但必须坚持到底：决不能失掉这个等待了几个月的机会。在我的思绪摇摆不定的同时，我的步子没有放松，这使我产生了一个奇怪的感觉：我的思想好像是一条在一辆快速行驶的汽车上瞎了眼的动作迟钝的蠕虫。

她在圣马丁大街拐了个弯，几步后，走进了T公司大楼。我迅速而决断地跟了进去：

> 她在等电梯。没有其他人，有一个比我更大胆的人从我的体内向她问出了一个令人难以置信的笨问题：

"这是T公司大楼吗?"

6

大楼前檐几米长的招牌明明写着这就是T公司大楼!

好在她仍然大方地转过身来,肯定地回答了"我"。由于她的样子那么大方娴静,"我"就自我安慰地想:太大的招牌往往反而不易被人发觉。

但她向"我"看一眼之后,她的脸马上涨得通红。"我"以为她认出了"我"。"我"激动得问出了一个更笨的问题:

"你为什么脸红?"

她的脸更红了,可能刚要回答时,失去控制的我却又慌慌张张地加上一句:

"你脸红是因为认出了我。您会认为这是一个巧合,可它不是巧合,从不会有巧合。我想您想了好几个月了。今天我在街上遇到了您,就一直跟着您。我有点重要的事要问您,就是关于窗户的事,您懂吗?"

她惊愕不已,不知道"我"在说什么。"我"觉得腿快站不住了,所有的设想"就像要复原一条断了脊梁骨的恐龙一样不切实际。"

眼看那姑娘要哭出来了,"我"觉得天要塌下来了,只好难为情地说:

"我看是我搞错了,下午好!"

说完"我"急忙出去,漫无目的地走着,几乎是在跑。也许走了一个街区后,听到身后有声音在喊"我":

"先生!先生!"

是她。她不知道如何喊住"我",不知如何解释刚才发生的事,她低声对"我"说:

"请原谅,先生……请原谅我的愚昧无知,我是害怕……"

几分钟前还是一个无用的人与事组成的混沌世界,一下子恢复了正常,"我"一声不响地听着她说:

"刚才我没有发现您是问画面上的窗户。"她抖瑟着说。
我无意识地抓住了她的手臂:
"那么说您记得?"

有一阵她眼睛望着地面不说话，然后，慢慢地说：

"我一直记着它。"

接着，她好像对自己说的话后悔了，突然转身跑开了：

我惊呆了一会，就跟在她后面跑，直到发现这个场面的可笑才停下来；我朝四周看了看，一边继续快速地走着，但是跨着正常的步子。这个行动是由两个想法决定的：首先，一个大家都熟悉的人在大街上跟着一个姑娘跑是荒谬的；其次，没有必要。这第二点是最要紧的，因为随时都可以在上下班时见到她。干吗要像疯子似的跑呢？重要的，最重要的是她记得那个窗户："我一直记着它。"我高兴坏了，我感到有无穷的力量，一旦知道随时都可以在办公室里见到她时，我只对自己在电梯前失去控制和现在又像疯子似地跟着她跑感到不满了。

7

可"我"很快就意识到自己犯了一个不可原谅的错误，因为谁也没有说过她在T公司大楼里上班！这只是自己刚才脑子短路的想法。弄不好自己又要几个月见不到她，甚至永远见不到她了。

"我"又像疯子一样跑了起来。冲进T公司大楼里,哪有她的影子?"我"又站到大楼外面看着整栋大楼,徒劳地希望她从哪个窗户里探出身来。可这样的想法显然是荒谬的。

"我"又走进大楼大厅,"我"还跟一些人一起坐电梯,在八楼的走廊上来回走了几趟后,又乘电梯下来,重新走到大楼门口。"我"开始意识到,除非那位姑娘真的在这儿工作,否则就找不到她了;因为,如果她是来办点事的,很有可能她上楼后已经下来,同自己走岔了。当然,如果她是来办事的,也可能在这么短的时间内事情还没有办完,这个想法又重新鼓起了我的勇气,"我"决定在楼下等她:

我毫无所获地等了一个小时,分析了各种可能出现的不同情况:

一、事情要办很长时间;这样我就应该继续等下去。

二、发生了刚才的那场相遇后,也许她太激动了,可能要到别处去走走再来办事,这也应该等下去。

三、她就在这儿工作,这样就应该到下班时间再来等。

"这样,等到现在,在我面前还有三种可能性。"我得出结论。

"我"认为这是铁一般的逻辑,所以很快定下心来,走到街角一家咖啡馆去耐心等待,从那边可以观察到大楼里出来的人。"我"要了杯啤酒,看了看表,那时是下午三点一刻。

随着时间的推移,"我"越来越觉得只可能是最后一种假设,那就是她在这儿工作。六点下班的时候,"我"就重新走到大楼门口去等候。可直到六点半,也没看到她的影子。

到七点的时候,一切都结束了。

这段叙述,再一次让我们感觉到了前物理学家萨瓦托强健的逻辑思维能力与鞭辟入里的分析能力。同时,觉得这个强迫症般爱分析爱思考的主人公身上有许多作家本人的影子。

当然,情节发展到这儿,叙事重新出现断裂与悬念,"我"还能遇到她吗?

8

回到家,"我"沮丧极了,头脑像一锅翻腾的稀粥。但"我"很快强迫自己冷静下来,"我"知道,如果不想永远失去显然是唯一能理解自己作品的人的话,"我"就必须清醒地想一想,理出头绪来。

"我"又开始了科学家般的分析与推理,得出了几种可能性:

第一种，还是假定她在大楼上班，只是她离开我时可能太激动，就先回家去了，因此，明天就必须再在大门口等她。

第二种，她也可能去办事的，也可能遇到我后激动异常，回家去了，把事情放到第二天去办，这样明天也应该在门口等她。

以上两种可能，对"我"都比较有利，还有一种可能就可怕了：

第三种，那就是当我赶到大楼并在电梯上上下下的时候，她已经办完事走了，也就是说，我们走岔路了，没有相遇。这段时间虽然不算长，但它是可能发生的，比如她可能只是去送一封信，很快就办完事走了。在这种情况下，"我"明天再去等她就毫无用处了。

然而，毕竟有两种有利的可能性，"我"只能紧紧抓住它们不放。

再说，只要脑子里再次想起她说过的那句话"我一直记着它"，"我"就感到面前展开了一个广阔和美好的前景，内心重新燃起希望，下决心要找到她。

从叙事角度，大街相遇复又错过，让爱情的发生一再延缓，让故事不断遇到阻滞，以便为高潮的来临积聚更多的势能。这完全符合形式主义文艺理论所提出的延缓与阻滞原理。

说白了，爱情的发生，可以一见钟情，但不能一蹴而就。

9

第二天，"我"早早就站在T公司办公大楼对面。所有的职员都进去了。她却没有露面。很明显，她不在这儿上班。除非她这两天刚巧生病了，不能来上班。

"我"只得寄希望于第二种可能，她是来办事的。所以，决定在街角的咖啡馆里再等一个上午。

大约到了十一点半，"我"觉得一切希望都快成泡影的时候，看到她从地道口走了出来。"我"一下子跳起来迎着她走去，她没料到"我"会以这种方式出现在她面前，整个人像变成了石头一样地停住了。

经过这么多迂回与曲折，她的重新出现已经水到渠成，不会给人巧合的感觉了。

"我"激动万分，紧紧地几乎粗暴地抓住她的手，"我"已经豁出去了。拉住她沿着圣马丁大街广场走去。她好像没有了主意，听凭"我"拉着她走了大约两个街区，才问"我"：

"您把我带到哪里去？"

"圣马丁广场，我有许多话要对您说。"我一面答话，一面仍旧拉着她的胳膊坚定地向前走着。

她并不反抗。到了广场后,"我"找了一张离群的椅子。坐下后问她:"你那天为什么要逃走?"

她用前一天我就注意到的、对我说"我一直记着它"的那种神情看着我;目光奇异、固定、深邃,好像来自后面。

"不知道,"她最后答道:"现在我也想逃走。"

"我"当然不会再让她逃走。向她表示"我需要您,很需要您"。她查询似的重新看着"我",但不开口,接着,目光盯住了远处的一棵树。

这个地方,萨瓦托描写了她的容貌以及"我"对她的年龄的猜度:

她的面庞是漂亮的,但有点冷漠。栗色的长发。从外表看,她最多不会超过26岁,但她身上有点儿东西暗示着她的年岁,这是一个颇有经历的人所特有的;没有白头发;没有任何纯物质的征兆,只有某种不确定的、肯定属于精神方面的东西;可能是目光,但是,什么情况下才能说一个人的目光是外表呢?可能是闭嘴的方式,因为嘴巴和嘴唇虽然是物质的,但闭嘴的方式和某些皱纹也是精神因素。当时和现在，我都说不清楚这个年龄的印象究竟是怎么回事。我想也可能是说话的方式。

对女主人公年龄与精神气质的这段叙述，展现了萨瓦托逻辑思维与分析能力之外的另一种纯属文学的天赋：表达难以表达的东西的能力，即，叙述微妙的复杂的丰富的东西的能力。这大概是衡量一个作家是否足够优秀足够天才的一种能力。

"我"继续表达着"我"对她的需要，她几乎一直看着那棵树，没有说话。直到"我"问她为什么不说话，她才回答了一句，目光仍没有离开树：

"我是个普通的人，您是个大艺术家。不知道您怎么会需要我的。"
我粗暴地喊道：
"我对您说我需要您，您懂吗？"
她一直看着树，低声说：
"干吗？"

是呀，干吗呢？"我"也不知道自己想干吗，"我"一边用树枝在地上画着几何图形，一边继续对她说些语无伦次莫名其妙的话。她只是困惑地看了看"我"，接着又去看树。

停顿了一会后，"我"忽然想起似的说：

"您是唯一注意到画面上那个窗户的人。"

"我不是艺术评论家。"她小声说。

我生气了，并大声喊道：

"别跟我提那些蠢货！"

然后就是"我"对所谓评论家的一番抨击，什么手术刀之类的理论。并强调评论家的看法对自己没有任何意义。

她慢吞吞地表示，也许她的看法与评论家相同呢。"我"却马上打断了她，看着她侧面的脸庞加上紧闭的下巴的深不可测的表情，坚定地喊着说："您和我想的一样！"

她就问我："那您是怎么想的呢？"

"我"承认自己也不知道是怎么想的，就像不知道她站在画前看小窗户的时候是怎么想的一样，但"我"几乎是专横地肯定："我知道您想的同我一样。"

"我"随口说出了一大堆关于绘画的想法，并强调在那幅窗户的画之前，自己所画的东西都是浮浅的。而那扇窗户与海滩则有深刻的东西，虽然自己也说不清到底传达了什么信息。

我听见她说：

"也许是绝望的信息吧？"

我热切地看着她：

"是的,"我说,"我认为是绝望的信息。您想的和我一样,您看到了吧?"

"我"又一厢情愿地把话题扯到了"两个人想法相同"上来。

过了一会,她问"我":"您认为绝望的信息值得称赞吗?""我"当然表示不值得。她很快又自己否定了"称赞"这个词,她转过脸盯着"我"说:

"重要的是真实。"
"您认为这个画面是真实的吗?"我问。
她几乎是冷漠地说:
"当然是真实的。"

经过这一番谈话与交流,两个人至少在精神上靠得近多了,她的冷漠,在某种意义上恰恰是灵魂中的某种真实因素的反映,是不避讳不见外的表现:

我热忱地看着她那冷漠的脸庞、冷漠的目光。"为什么这么冷漠?"我自己问自己,"为什么?"可能她感到了我的热切和想与她交往的要求,因为有一会儿她的目光缓和了,好像给了我一座桥;但是,我又想到这是架在深渊之上的一座不结实的桥。

她用同样冷漠的声音说:

"但是,我不知道您与我见面会有什么收获。一切靠近我的人,我都会坑害他们的。"

末尾这句话,暗示的其实是这场爱情的悲剧结局。

10

"我"决定尽快再与她见面。当然,从上午的交谈中,两个人已经都知道了对方的名字与电话。

与她分别后,"我"几乎心急如焚,希望第二天就能见到她。当天晚上,"我"就给她打了电话:

一位妇女接了电话;当我说要玛丽亚·伊丽巴内小姐接电话时,她好像犹豫了一下,接着又说去看看在不在。我几乎马上就听到了玛丽亚的声音,但是带着一种纯公事式的腔调,这使我大吃一惊。

"我要见您,玛丽亚,"我说,"我们分手以来的每一秒钟我都在想您。"

我颤抖着刹住话头。她没有回答。

"您为什么不说话?"我更紧张地问道。

"请等一下。"她答道。

我听到她放下了话筒。一会儿又听到了她的声音。但是，这一次是她真实的声音；现在，她好像也在颤抖。

"我刚才不能讲话。"她解释。

"为什么？"

"这里进进出出的人很多。"

"现在为什么能讲话了呢？"

"因为我把门关上了。当我一关上门，别人就知道不该来打扰我了。"

"我需要见到您，玛丽亚，"我难以抑制地重复着，"从中午到现在除了想您，我什么事也没有干。"

她没有回答。

"您为什么不回答？"

"卡斯特尔……"她好像有点拿不定主意。

"别喊我卡斯特尔！"我生气地喊着。

"胡安·巴勃罗……"她怯懦地说。

我感到随着这几个词一种永无止境的幸福开始了。

在我的阅读感受中，当玛丽亚终于说出亲昵的隐私的"胡安·巴勃罗"的时候，她已经放弃了自己的矜持与冷漠，打开了自己的心扉，表达了顺应的允诺的意愿，于是，这个中篇小说就来到了灵魂时刻或关键瞬间，这个瞬间有如被闪电击中，一下子让两人产生了贴心贴肉的默契与亲密，正是在这隐秘的天赐般的一刻，爱情，倏然发生了，以至于"我"立刻感受到了一种永无止境的幸福！

虽然玛丽亚很快便在电话里表示她也时刻在想"我"，虽然后面两人的关系还会有新的发展与质的变化，但都没这一刻来得高光来得致命！

而萨瓦托只不过让女主人公轻轻说出了一个尊称而已，这个尊称比昵称还要来得亲昵。什么叫举重若轻？什么叫不言之言？什么叫不着一字尽得风流？什么叫叙述的功力与精髓？

我觉得这个昵称般的尊称里，包括了这一切！

向陌生女人打招呼

1

先开花后结果,先有爱后有性,可谓爱情发生的常规模型,因为它既符合人类的普遍经验,又构成我们的伦理倾向。可约瑟夫·罗特在他那部绝对经典的《拉德茨基进行曲》中,却为我们创造了一个爱情发生学的卓尔不群的反例。

《拉德茨基进行曲》无疑是近年读到的最好的德语小说,即使与穆齐尔、托马斯·曼等人的作品相比也毫不逊色。它通过特罗塔家族祖孙三代人的命运传奇,反映了一战前夕奥匈帝国的壮阔生活与激荡风云,是描摹奥匈帝国的史诗,是献给哈布斯堡王朝的挽歌或安魂曲。

在这部小说的第二章,约瑟夫·罗特向我们讲述了特罗塔家族第三代卡尔·约瑟夫人生中的那场地震般的艳遇,展示了他那大神级的叙述才能,并显现出这部经典作品极为硬核的经典品质。

2

为了秉承家族的荣光并实现父亲的夙愿，十五岁的卡尔·约瑟夫在《拉德茨基进行曲》的昂扬旋律中走向了他的军旅生涯。那年夏天，他从维也纳军官学校回到小城老家过暑假，身为市长的父亲非常严厉，对他的几何学与骑术都不太满意，有事没事总是盘问并训导他。他就想到外面散散步透透气。闲逛了一会之后，他踱步来到了小城宪兵队卫队长斯拉曼家。

他敲门、按铃，都没人应。这时：

一扇窗户开了，斯拉曼太太探身窗外，越过窗台的天竺葵喊道："谁呀？"看见小特罗塔，连忙说："我就来！"

探身窗外的斯拉曼太太真像是一阵夏天的轻俏的旋风，言行举止（"探身""越过""连忙说"）中透着一股子扑面而来的热情与气场。

她打开前厅门，屋里有一丝凉意和微微的清香。斯拉曼太太在连衣裙上洒了几滴香水，这种香味使他想起了维也纳的夜总会。

可以想象,见到久违的充满魅惑力的斯拉曼太太,已然进入青春期的卡尔·约瑟夫有些手足无措,但他的鼻孔正常张开着,嗅觉反倒格外灵敏,他的鼻子不仅闻到了屋里的凉意与清香,而且准确地捕捉到了斯拉曼太太身上散发出来的那股香水味。罗特放弃了那个时代特别流行的心理描写,只是客观地叙述了人物的嗅觉,叙述了嗅觉引起的嗅觉联想("这种香味使他想起了维也纳夜总会"),就轻而易举地拉开了一场情欲叙事的序幕。

两个人在门口的一问一答简约而不简单,饶是有趣:

卡尔·约瑟夫问:"卫队长不在家吗?"
"他值勤去了,冯·特罗塔先生!"斯拉曼太太说,"进来吧!"

斯拉曼太太身上的香水味以及她那有些超常甚至反常的热情,显然感染并左右了卡尔·约瑟夫的思维与意识,他没有问:"卫队长在家吗?"而是下意识地问道:"卫队长不在家吗?"

斯拉曼太太的回答不仅坐实了卫队长的确不在家,并且主动透露了一时半会不可能回家的事实:"他值勤去了。"表面是问与答,背后是两人的潜意识涌动与本能的碰撞。斯拉曼太太称呼卡尔·约瑟夫时故意使用了郑重其事的尊称"冯·特罗塔先生"（其实他在她眼里只是"小特罗塔"），也就是说，她没有把他当少年看，刻意打消了两人在年龄或身段上的距离，这样的距离很容易让一个缺乏经验的少年产生胆怯甚至自卑。正常情况下，斯拉曼太太应该反问"有事吗？"或"你进来吗？"但她却直接发出了邀请："进来吧！"语气之主动之肯定，没有给卡尔·约瑟夫任何犹豫的时间。

3

是呵，身逢乱世，生如浮云，陷落在那样一个飘摇动荡的年代，人们也许更需要爱或爱得更多？可他们却没有那么多时间与悠闲，也没有那么多余裕和耐心，迂回婉曲的浪漫可望而不可即，远水解不了近渴，于是，他们只能在仓促与匆忙中把情感兑现为欲望。这与其说是放荡，还不如说是放纵。而放纵自我恰是对艰难时世的消极抵抗，虽然消极，但却是抵抗。斯拉曼太太的情况或许就是这样子吧。

从门外走进斯拉曼家客厅的卡尔·约瑟夫，难免昏头胀脑，但感官与本能却纤敏绽开，目光不安且好奇。所以罗特依次叙述了客厅的低矮与红色，叙述了客厅的凉快（"像是坐在冰盒子里一样"），还叙述了"软垫座椅的靠背很高"，罗特甚至没有忘记告知读者"褐色的木条上面雕刻有片状藤蔓图案"。但罗特对卡尔·约瑟夫的内心依然不着一字，他只叙述了卡尔·约瑟夫坐在椅子上的触感与不适："靠在上面背有点儿疼"，可心理的拘谨，坐姿的僵硬，已尽在不言中。

与卡尔·约瑟夫的拘束紧张形成鲜明对照的，是斯拉曼太太的放松与轻佻：

> 斯拉曼太太取了一些冰凉的柠檬汽水，她小指翘起，姿态优美地抿了一小口。她坐在卡尔·约瑟夫旁边，身子转向他，一条腿跷在另一条腿上，一只套着红丝绒拖鞋的光脚不停地晃动着。

罗特没有写斯拉曼太太的神情，更没有写她的心绪，只叙述了几个细微的暧昧的小动作。对付一个懵懂的少年，成熟如她老练如她者，自然无须费心劳神，几乎是轻松自如手到擒来的事情。

4

卡尔·约瑟夫的慌乱是可以想象的，但罗特的叙述却绝对冷静，完全超乎我们的想象：

> 卡尔·约瑟夫看看她的脚，又看看汽水，但不敢抬头看斯拉曼太太的脸。他的军帽放在膝盖上，膝盖一动不动。身子坐得笔直，面前放着汽水，仿佛

喝汽水也是执行公务似的。

卡尔·约瑟夫不敢抬头看斯拉曼太太的脸，即使抬头看，估计那张脸上也只有风轻与云淡。卡尔·约瑟夫把"军帽放在膝盖上，膝盖一动不动"，这是一个虚设的防守动作，是一种掩饰或遮盖，他想掩盖的与其说是膝盖的抖动，还不如说是内心的颤动。这一段叙述最绝的是后面那句比喻——"仿佛喝汽水也是执行公务似的"，既诙谐幽默又妙趣横生：卡尔·约瑟夫想用"执行公务"般公事公办的僵硬姿态，抵抗对方的诱惑，或者更准确地说，他不想让斯拉曼太太看出他正在经受她的诱惑。

斯拉曼太太当然感觉到了卡尔·约瑟夫的脆弱的抵抗或抵抗的脆弱，她不想让卡尔·约瑟夫过于惶恐，也不想让自己陷于尴尬，她想缓解一下紧张空气，想调节并控制一下引诱的节奏，所以故意没话找话：

"冯·特罗塔先生，你好久没来了吧？"卫队长太太说，"你都长这么高了！过十四岁了吧？"

"过了，早过了！"

我们可以想见斯拉曼太太此地无银三百两的语气，结果是，这种故意岔开故作轻松的对话并没有消解反而是推进了卡尔·约瑟夫的紧张感与不自在，我们甚至可以想象客厅里

的空气压强的些微变化:

> 坐在沙发上的卡尔·约瑟夫局促不安,他想快点儿离开这里。他想把柠檬汽水一饮而光,鞠躬致谢,并转达对她丈夫的问候,然后走开。他困惑地看着汽水,怎么喝也喝不完。

为什么汽水怎么喝也喝不完?原因再简单不过:因为斯拉曼太太一个劲地往他杯子里倒汽水呢!

5

> 斯拉曼太太一个劲地往他杯子里倒汽水,还拿来了香烟。他婉拒了香烟。她便给自己点了一支,毫不在意地吸了起来,只见她吞云吐雾,脚不停地晃动。

斯拉曼太太之所以"一个劲地"往卡尔·约瑟夫的杯子里倒汽水,当然是因为卡尔·约瑟夫在不停地喝汽水,两者相辅相成,配合默契。而不管汽水好喝难喝,喝汽水这个行为不可能一直持续下去,所以,斯拉曼太太又不假思索地拿来了烟。卡尔·约瑟夫对烟的婉拒,一方面是因为在他这个年纪还不怎么适合抽烟,尤其是在成熟的女士面前;另一方面的原因则是，他连汽水都对付不过来，抽烟自然更加无从谈起。反过来，斯拉曼太太却"毫不在意"在一个少年面前"吞云吐雾"，她可不想装窈窕淑女，她要尽可能地降格以求，甚至不惜把自己的形象降低到夜总会的水平，降低到尘埃的水平，这一切当然都是为卡尔·约瑟夫考虑，她想尽快打消青涩的卡尔·约瑟夫在她面前的戒备心理与局促不安。而且她的耐心眼看已经快要耗尽："脚不停地晃动。"她不想再这样耗下去了，她觉得事情应该差不多了。

6

突然，她不声不响地从他的膝上取下军帽，将它放在桌子上。接着，把自己手中的香烟塞到他嘴里。

斯拉曼太太真是经验丰富，她的行为看似随意与即兴，实际上却极为老练和精准。我们知道膝上的军帽是卡尔·约瑟夫的防守工具，是他维持形象的虚拟盔甲，拿掉了军帽，就像端掉了城门上的炮楼，等于取消了他的防守或抵抗。所以，接下来，她就把香烟直接塞到了他的嘴里。

到了这里，卡尔·约瑟夫已经完全放弃抵抗，也无法或不必再抵抗下去了，因为斯拉曼太太已经捅破了那层窗户纸。更何况：

她的手上散发着烟味和科隆香水味。她穿着夏季印花连衣裙，宽松的袖子在他眼前晃来晃去，淡淡的体香从袖口飘出。

在这种电光火石般的梦幻瞬间，罗特依然放弃人物的心理描写，他冷静地抓住的依然是人物的嗅觉与视觉（事情差不多就是这样：人物越慌乱的时候，优秀的作家总是越冷静）：烟味，科隆香水味，夏季印花连衣裙，晃来晃去的宽松的袖子，以及袖口飘出的淡淡体香！真像是排枪般的细节输出，每一样都那么如梦似幻，每一样都让卡尔·约瑟夫灵魂出壳：

他殷勤地吸着烟，烟嘴上还留有她的口红。他的眼睛盯着汽水。

"殷勤"这个副词用得真是准确无比，真是有趣之极！卡尔·约瑟夫眼睛盯着汽水，他当然不是想喝它，也不只是在发呆，他知道自己是在等待或期待一场生命风暴。

7

斯拉曼太太又把香烟塞到她的唇齿间，站到他的身后。他不敢转身。突然她香喷喷的两只手缠住了他的颈脖,她的脸贴住他的头发。他的身子一动不动,但他的心却在剧烈地跳动。一场巨大的风暴在他内心迸发,坚实的身躯和制服上牢固的纽扣在拼命地遏制它。

斯拉曼太太把刚刚塞进卡尔·约瑟夫嘴里的香烟拿回来,塞到自己嘴里,一方面可以让这支烟像桥梁一样把两人缔结在一起从而不分你我,另一方面,嘴里没有了烟,卡尔·约瑟夫才能够心无旁骛更为专注地加入这场情欲风暴。这场风暴对卡尔·约瑟夫来说是如此陌生如此巨大,制服上的纽扣再牢固,也根本无法遏制住它。

"来吧!"斯拉曼太太轻声地说。

罗特又一次显现了他的叙述之冷静、克制与准确:"轻声地说"!轻声地说,显现了斯拉曼太太的从容与镇静;轻声地说才不至于吓着毫无经验的卡尔·约瑟夫;轻声地说体现了斯拉曼太太的自信,她知道,时机与火候都已经到了,只需要她轻轻地发出指令,就像一个人轻轻拉亮一个房间的灯绳;轻声地说,我们可以想象那磁性的、诱导的、温柔的语气与语调……看似简单普通的四个字,却丰盈微妙精准之极,不可移易。如果换成"镇静地说""从容地说""用磁性的语调说"等,都会显得直白和浅显,都不够丰赡也不够含蓄,更不够精准。而如果去掉状语"轻声地",直接写成"斯拉曼太太说",则又显得不咸不淡没头没脑,只是信息的陈述,而不是对无尽意味的准确捕获与精妙叙述。

8

她一屁股坐在他的大腿上,飞快地吻他,目光迷离地看着他。突然一缕金发从前额垂下来,她向上斜了斜眼,噘起嘴唇想把头发吹开。他的腿开始感觉到她的分量,同时有一股暖流袭来,令他的小腹和双臂上的肌肉紧胀。他搂住这个女人,透过坚硬的制服感受到她柔软的胸脯。她的喉咙里轻轻发出咯咯的笑声,有点儿像抽噎,又有点儿像颤音。她眼含泪水。过了一会儿,她抽回身,温情脉脉、十分娴熟地一颗颗解开他的纽扣,将一只软绵绵的凉手放在他的胸脯上,对着他的嘴贪婪地吮吸着,长久地享受蜜吻。她蓦地站起身,就像受到某种刺激。他立刻跳了起来。她色眯眯地牵着他的手慢慢地朝后面的卧房退去。她容光焕发,退到门口时,用脚踢开身后的房门。他们轻手轻脚地进了卧房。

当人物陷入欲望的旋涡之际,作家必须站在欲望的外面,只有清醒的理性才能捕获昏眩的感性。这段叙述的几个细节显现了罗特在这方面的杰出才能。主导并左右这场情欲风暴的人始终是更有经验的斯拉曼太太,所以,即便已经像跳入泳池般让自己跃入情欲的波涛,但她一直保持着必要的清醒与冷静,她甚至没有忘记把垂落的一缕金发吹开。面对汹涌而来的欲望,卡尔·约瑟夫的表现完全像是一个溺水者,他不仅更被动慌乱,而且更昏眩迷惑,他没能像斯拉曼太太那样投入并享受欲望,他有的几乎只是本能的反应和惶乱的感触。因为斯拉曼太太"一屁股坐在他的大腿上",所以,他先是感觉到斯拉曼太太的分量(这分量极为客观又极为主观,沉重得远超他的想象),然后,才感觉到那股袭来的暖流,这是因为那股暖流的产生与传导必须遵循热力学定律,不像重力那样即刻发生,而需要经历一定的时间。这之后,伴随着斯拉曼太太肉体的分量与那股奇异的暖流而来的,才是小腹与双臂上的肌肉"紧胀"的感觉。"他搂住这个女人",而不是"他搂住斯拉曼太太",因为他所熟悉的是斯拉曼太太的形象,她此刻带给他的重量与暖流却全然陌生,所以,在卡尔·约瑟夫昏眩的意识里,斯拉曼太太就被陌异化或格式化为"这个女人"。

　　罗特的叙述细致入微,妙至毫巅,步步到位,精准无比。与此同时,罗特的叙述又极为节制,没有任何庸俗的欲望沉溺与渲染,更没有一丝浅薄的色情铺张与挑逗,这才是文学大师的手笔,这才是经典作品具有的品质!

而由于缺乏经验，卡尔·约瑟夫一点也不了解女人陷入并享受欲望时的样子，对斯拉曼太太的那些肢体语言与生理反应："喉咙里轻轻发出略略的笑声，有点儿像抽噎，又有点儿像颤音。她眼含泪水。"他并不能准确领会和呼应，反而让他觉得有些怪异。所以，当斯拉曼太太"对着他的嘴贪婪地吮吸着，长久地享受蜜吻"之后，"蓦地站起来"时，他并没有理解这个突然性动作的确切含义，并不知道那其实是一个信号，说明斯拉曼太太已经再也抑制不住自己那汹涌澎湃的情欲，他还以为她是"受到了某种刺激"，以至于把他自己吓得"跳了起来"。即便接下来跟着斯拉曼太太"轻手轻脚"地走进卧室，他其实依然不知道等待他的到底会是什么样的局面，他自己又该如何应对？

9

他像一个束手无策的俘虏，眯着眼睛看着她帮他脱衣服，动作如此轻柔，像是母亲在替孩子更衣。他略感诧异地望着自己的制服正一件件地散落到地上。他听到鞋子落地的声响，随即感觉到斯拉曼太太的手在轻抚他的双脚，一股清新的暖流从下往上蹿，直达胸口。他听任她的摆布，欣然接受这个杂糅着欢快、热烈和温柔的魔一样的女人。

第一个比喻"像一个束手无策的俘虏",再一次强调了卡尔·约瑟夫在这场情欲风暴中的被动状态。第二个比喻"像是母亲在替孩子更衣",则表现了两个人的年龄差异与不对等关系,斯拉曼太太自始至终都处在诱导者的位置。当然,斯拉曼太太"如此轻柔"的动作,也难免会让从小就没有母亲的卡尔·约瑟夫体会到一种母爱似的感受。当他"望着自己的制服正一件件散落到地上"时,之所以"略感诧异",除了这是他的第一次性经历,可能也与母亲早逝有关,他从小就自己穿衣与脱衣,而此刻,有个成熟的女人帮他把衣服一件件脱了下来,他岂能不感到一丝诧异?最后,罗特运用矛盾修辞,让"听任她的摆布"与"欣然接受"这两个反义短语无缝对接,便取缔了被动与主动之间的区别与界线,戛然终止了卡尔·约瑟夫人生中的第一场情欲风暴。

10

但这一章的叙述并没有随着情欲风暴的停息而停止。我们看到,罗特的叙事动机和创作目的压根儿不是艳遇,也不是性,而是爱!正是在这个关键之处,凸现出一个通俗艳情小说家与一个纯文学天才之间的质的区别:前者的叙事目的就是炮制并完成一场感官诱惑和色情游戏,后者的叙事则旨在探索艳遇对一个人的情感启蒙与心灵影响。

让我们一起来欣赏罗特的文学炼金术。

卡尔·约瑟夫一觉醒来，在斯拉曼太太"含情脉脉的炙热目光"下离开卫队长家，告别时虽然双脚立正并握了握她的手，但他的眼睛依旧"固执地看着她的右肩而不是脸部"。从开始到最后，卡尔·约瑟夫始终不敢看斯拉曼太太的脸。罗特在这里抓住了卡尔·约瑟夫的生命羞涩，抓住了一个单纯少年经历了情欲风暴之后微妙的身心状态，同时也为欲望的升华与爱的涌现留下了可能性。

现在，卡尔·约瑟夫独自走在回家的路上。就像经历了一场春雨之后抽出新叶的禾苗，就像经受了一场飓风后重新挺直的枝叶，经历了这场艳遇，经历了欲望的冲刷和柔情的熏陶之后，卡尔·约瑟夫已然不是原来的自己。他一边走一边看着黄昏的郊野，他的目光变得就像情人的手臂一样柔软起来，所以，他看到的傍晚已然不是昨天的傍晚，眼前的一切，已然变成了童话般的美好世界：

> 远处的钟楼敲了七下，太阳已经移到西边的山丘上，此刻它们和天上的云彩一样披上了晚霞。路旁的树木清香扑鼻。晚风习习，大路两旁斜坡草地上的小草正在微微摇动，绿波荡漾，远处沼泽地里传来了欢快的蛙鸣。

显然，此刻的卡尔·约瑟夫已经不复是那个空虚懵懂的少年，他的生命从来没有像现在这样充实过，他的内心洋溢着从未有过的满足与快乐。仿佛是上天的恩赐,"欢快、热烈和温柔的魔一样的"斯拉曼太太无疑是可遇而不可求的启蒙老师,在这个梦一样的下午,引领他体验并领会了欲望的秘密和柔情的秘密,并为他倏然间打开了一扇通往幸福的生命之门。也许就是在这一刻,依然羞涩的卡尔·约瑟夫顿悟般懂得了感激,懂得了爱:

市郊一栋明黄色的农舍里,一位少妇正探身窗外,凝视着空荡荡的大路。尽管素不相识,卡尔·约瑟夫还是和她打了招呼,他身子站得笔直,显得十分恭敬。她不自在地点点头,表示感谢。与其说他是在问候那位少妇,不如说他是在向斯拉曼太太告别。依窗而立的那位少妇好似站在爱情和生活之间的哨兵。陌生而亲切。

向陌生女人打招呼!这个天才的细节堪称点睛之笔,像一道透过云层的阳光,一下子照亮并升华了整场艳遇和情欲风暴,并为它赋予了深挚而又巨大的爱的意义。那个仿佛屹立于云端的"站在爱情和生活之间的哨兵",她守望的,正是这样的意义。

那一刻,卡尔·约瑟夫凭借眼前这个陌生女人,向远处的斯拉曼太太(也是向未来将要相遇相爱的所有女性)发出了爱的磁力,而依窗而立的这个陌生女人所充当的,则是一个爱情的使者,是爱之磁力的二传手。

11

是的,罗特通过强健无比精准无比的另类叙事告诉了我们,在多样性与可能性的世界里,在特殊的背景与情况下:

当艳遇结束、肉欲消退之时,才是纯粹的爱情发生之际。

也就是说,性的果实瓜熟蒂落之时,恰是爱的鲜花俏然绽放之际。

左耳听见的声音

1

从爱情发生学的角度,这是一朵爱情的奇葩。

这一朵爱情的奇葩,它绽放在奥尔加·托卡尔丘克的长篇《白天的房子,夜晚的房子》的某个片段。

这部长篇由无数这样的片段组成,把这些看似零散的片段焊接为一个奇妙整体的东西,不是叙事结构和因果逻辑,而是一些超现实非逻辑的原理,比如云朵飘逸的原理,比如光线弯曲的原理,再比如做梦的原理。

托卡尔丘克用这些原理创构的是一棵簇新的文本树,缀满树枝的有散文的叶子、诗歌的花朵和小说的果实。

我们要谈的这个片段《阿摩斯》,就是一颗饱满多汁的小说之果。

在这个片段里,托卡尔丘克叙述了一场空前绝后的爱情。

与现实或虚构的现实中发生的无数爱情不同，在《阿摩斯》这个片段中，年青的银行女职员克雷霞遭遇了一场陌生而又奇异的爱情，因为这场爱情发生于梦中。

人们都在谈托卡尔丘克的诗性与梦，谈她的碎片化与星群写作。而我想谈谈她的卓越的叙事能力，正是凭借这样的能力，托卡尔丘克让自己成为一个优秀的小说家而不是诗人或散文家。

也就是说，在阐释克雷霞这场陌异的爱情是怎样发生的同时，我也想试着阐释托卡尔丘克的叙事是怎样发生的。

2

1969 年早春，克雷霞梦见自己的左耳听到一个声音。起先是个女子的声音，不停地说着，可是克雷霞不明白说的是什么。这声音干扰了她的工作，她希望这声音能够停息：

> 如同关掉收音机，或是将电话听筒搁到机座上。然而它却不能消除。声音的源头深深地潜藏在耳朵里，藏在布满鼓膜和耳轮的弯弯曲曲的小回廊之中，藏在微显潮湿的薄膜的迷宫深处，藏在耳内黑暗的洞穴里。无论用手指挖，还是用手掌捂住耳朵都压不住这声音。

这些翻来覆去的声音，语法正确，听起来甚至很是悦耳，却没有意义，只是在模仿人的说话方式而已。

但不久之后，克雷霞的耳朵里响起了另一个声音，一个男人的声音，它亲切、纯净：

"我叫阿摩斯。"

3

这个叫阿摩斯的男人在梦中询问克雷霞的工作、父母的健康等，而且他好像知道她的一切。她迟疑地问：

"你在哪儿？"
"在马里安德。"

我们也许会马上想起罗伯特·格里耶的《去年在马里昂巴》。

过不一会儿，男人对克雷霞说：

"你是个不同凡响的人，我爱上了你。我爱你。"

同样的情况还发生过三四次。同样的梦。

4

接下来,托卡尔丘克叙述了在梦中遭遇爱情的克雷霞的生命感受:

对克雷霞来说,这是不同寻常的日子,在这一天她感觉到,自己是有生以来第一次领略到被人专断地、不容分说地、无条件地爱着的滋味。这是个惊人的发现,宛如脸上挨了一拳,打得她晕头转向。

这个爱的比喻已经足够有力量,但托卡尔丘克并没有就此罢手。在描述了一句银行大厅的苍白与克雷霞耳朵短时间的沉寂之后,托卡尔丘克写出了另一个更准确更新颖更独创的比喻,这个比喻既暗示了女主人公在爱情方面的经验空白,又触发了一个启示性慧见,即纯朴的生命能够成为爱的容器:

在这突如其来的淹没了她的爱情中,克雷霞感到自己就像一把迄今从未用过的茶壶,第一次灌满了纯净得透明的水。

5

克雷霞下班后径直去了邮局。她去查阅波兰中央地区各大城市的电话号码簿。她查了很久,没有在马里安德找到阿摩斯,也没有在罗兹、科宁和拉多姆等其他城市查到。但功夫不负有心人,她终于查到了这样一条信息:

阿·摩斯,显克维奇街五十四号,琴斯托霍瓦。

她相信,这个生活在遥远的琴斯托霍瓦的阿·摩斯,就是梦中在耳朵里说爱她的阿摩斯。

为了增强叙事逻辑,为了做好把这场发生于梦中的奇异爱情向现实推进的准备,托卡尔丘克插述了三十岁的克雷霞的容颜与情感状态:

岁月的流逝剥夺了她面部的清晰性,模糊了线条。她甚至觉得,她的眉毛稀疏了,湛蓝的虹膜发白,失去了光彩,嘴唇的线条越来越不清晰,而整个面部变得不确定,仿佛就要枯萎。这是克雷霞最害怕的。她担心自己会来不及开花就凋谢了。

因此,当克雷霞在梦中遭遇这么奇怪的爱情后,她的不安甚至痛苦就显得可想而知顺理成章了:

像她这样无缘无故被人所爱是件多么痛苦的事。这样的爱情给人带来了何等的不安!由于难以置信,思绪是多么杂乱无章，加速跳动的心脏在怎样膨胀！世界又是在怎样游移和失去具体的可知性！克雷霞突然变得孤立无助起来。

"失去具体可知性"的"游移"的世界，已然近似于梦的世界，克雷霞已经越来越分不清梦与现实的区别。而一个人坠入爱情的标志不正是对现实与梦境的混淆吗？！

恰恰在这个时候，就在复活节过后，银行接到通知，将在琴斯托霍瓦举行一个业务培训会议。当然啦，克雷霞去参加了这个会议。

没有偶然就没有故事，这是故事的建构机制，托卡尔丘克轻盈自如地运用了这样的机制。有了这样的机制和跳板，托卡尔丘克就可以让这个爱情故事从梦境跃向现实。

6

坐长途火车到了琴斯托霍瓦之后，克雷霞在第一时间找到了那座房子：

> 显克维奇街五十四号是一栋灰色的大房子，底层开了个鱼店，带有一个深深的庭院。克雷霞站立在房子前面，懒洋洋地打量着那些窗户。我的上帝，原来是这等普普通通。

为了让克雷霞从梦的维度降落到现实中来，托卡尔丘克叙述了一栋普普通通的房子，而为了写出房子的普通，写出日常生活的烟火气息，精通叙述之道的托卡尔丘克只叙述了一个细节：

"底层开了个鱼店"！

克雷霞一定闻到了一股鱼腥味。我们也是。

克雷霞先在枯燥的培训班熬过三天，到了第四天晚间，她终于克服了内心的犹豫，再次走向那栋房子：

> 第四天她站立在油漆成棕色的门前，门上挂着瓷质的小牌子：阿·摩斯。她敲了敲门。
>
> 给她开门的是个高个、瘦削的男人，身着长睡衣，嘴上叼着香烟。他有一双深色的充血的眼睛，仿佛好长时间没有睡觉似的。当她发问的时候，他眨了眨眼睛。
>
> "阿·摩斯？"
>
> "不错，"他回答，"阿·摩斯。"
>
> 她粲然一笑，因为她觉得认出了这个声音。
>
> "我就是克雷霞。"

就如卡夫卡在《变形记》这样的小说里，总是用精准的细节把荒诞的故事叙述成现实的故事那样，同为东欧作家的托卡尔丘克对这种叙事策略自然再熟稔不过，为了让克雷霞携带着梦中发生的爱情走向现实的门槛，托卡尔丘克自觉地连续地描述了一系列细节：

油漆成棕色的门、瓷质的小牌子、瘦削的男人、长睡衣、嘴上叼着香烟、深色的充血的眼睛，等等。

面前这个瘦削的男人虽然极为陌生，几乎陌生得让克雷霞惊异，但他的声音却是那么熟悉，与梦中传入她左耳的那个声音一模一样。

人们不能像庄周的蝴蝶一样从梦境穿越到现实，但声音可以！尤其是爱的声音！

这是托卡尔丘克的一个了不起的文学发现与创举。

7

男人当然感到很意外，他几乎有些懵圈，但他还是让克雷霞进了屋。住宅小而拥挤，像火车站一样凌乱、邋遢，到处是装有书籍的硬纸箱，成堆的报纸，收拾了一半的衣服。从这些细节，不难感知男人是一个知识分子。可以想见，如果遇到的是一个卡车司机，我们读到的就会是另外一个故事了。

接下来两人之间的交流一直是在错位中进行的：男人遵循的是现实的逻辑，而克雷霞坚执的则是梦的逻辑，因为她虽然已经置身于现实之中，但那个梦依然占据着她的头脑，梦中的爱依然占据着她的心灵。

"是我,"她重复了一遍,"我来了。"

男人突然围着她打转,大笑起来。

"可小姐是谁?我认识小姐吗?"他突然又拍了拍额头,"当然,不用说,您是……小姐是……"他的响指在空中打得噼啪直响。

克雷霞明白,他没有认出她来。可这也不值得大惊小怪。要知道他是在另一种情况下,通过做梦,从梦里认识她的,而不是像别人那样在正常情况下彼此相识。

克雷霞不明白的是,两个人可以做同一场爱,却不能做同一场梦。所以她也就不可能意识到,无论是在现实生活中还是在梦里,这个男人都完全不认识她。

进屋之后的克雷霞试图进一步解释清楚,可男人却没有什么耐心听她的解释:

"小姐您看,我正在收拾行李。"男人如此解释房内的杂乱无章。他把沙发床上揉得皱巴巴的被子送到了另一个房间,返回后便在她对面坐下。洗褪了色的睡衣露出他胸口的肋骨:真是瘦骨嶙峋。

端的是：梦境有多丰满，现实就有多骨感。

克雷霞开始犹豫起来，她知道自己犯了错误，再向男人发问的时候，语气已经没有把握：

"阿·摩斯先生，您是不是有时梦见什么？"

男人听了"纵声大笑"，"巴掌拍在条纹睡衣盖住的大腿上"，"嘲讽地望着她"：

"有意思，小姐来找一个不相识的家伙，就是为了问他，是不是梦见了什么。这倒真像一个梦，像梦……"

"但我认识先生。"

"是吗？怎么小姐认识我，而我却不认识小姐呢？咳，或许我们是在雅希的演唱会上相识的？在雅希·拉特卡那儿。"

她否定地摇了摇头。

克雷霞不认同男人"真像一个梦"这样的说法，她并不觉得自己来找他有什么荒谬或不对的地方，她不认为自己那个梦只是个梦，至少，她相信左耳听到的那个声音是真的。所以她仍然坚称自己认识这个男人。

当然，她也不想说谎，她并不是在什么演唱会上认识他的，她压根儿没有参加过这样的演唱会，所以"她否定地摇了摇头"。

8

"不是？那又是从哪里认识的呢？"

"您叫阿·摩斯。"

"我的名字是安杰伊。安杰伊·摩斯。"

"克雷斯蒂娜·波普沃赫。"她说。

克雷霞不想纠缠于在哪里认识这个问题上，于是把话题转向梦中的男人的名字，两人各自介绍了自己名字的全称，克雷霞甚至向对方说出了自己的爱称。安·摩斯与阿·摩斯虽有些微误差，但在可以接受的范围。

交换了名字之后，两人重新落入尴尬境地，不知说些什么好。克雷霞只好进一步向对方介绍了自己的年龄、职业与居住地。男人甚至搞不清那个地名在哪个地方，他有些心不在焉。他提议喝点啤酒，克雷霞拒绝之后，他就自己去找了一瓶啤酒喝。

在男人进厨房拿啤酒的当儿，克雷霞发现"壁柜上有一台打字机"，"卷筒上还卷着一张纸"。这样的细节，我们在欧·亨利的小说中经常可以读到。

也许是喝了啤酒之后，男人的身体放松了一些，心情也

缓和了许多。当然,这场突如其来的见面实在有些蹊跷,眼前的女人对他来说依然像一个谜,所以,这一次男人主动挑起了话题:

"说句实话,我原以为小姐也是住在琴斯托霍瓦。有那么一瞬间我甚至觉得,我认识小姐。"

"是吗?"克雷霞高兴地问。

"我甚至想过……"他眼睛里射出一道光,就着瓶子喝了一大口啤酒。

"什么?"

"您知道,是这样,人有时记不住所有事情。并不是总能记得那么清楚。或许我们之间真有过些什么?在演唱会上,在……"

"不,"克雷霞急忙说,她感到自己的脸发烧,"我从来没有见过您。"

"怎么,您不是说认识我吗?"

"是的,但只是认识您的声音。"

"我的声音?上帝!你要什么花招?我大概在做梦。我这儿来了一位姑娘,一口咬定认识我,却又说是平生第一次见到我。只认识我的声音……"

读到这里的时候,我们原以为这个故事会朝梦境的方向翻转或折回,也就是说,克雷霞从梦境来到现实的结果,是把男人从现实拉进梦境。我们甚至倏忽间会想起博尔赫斯的那些幻想小说。但事实上，在接下来的叙事中，托卡尔丘克却让这个始于梦境的叙事侧切到了那段云谲波诡的岁月，触及了东欧的历史与伤痛。正是在这里，托卡尔丘克显现了她的创作的严肃性与时代性，并使自己的作品迥异于我们熟悉的那些后现代的幻想文学。

蓦然间他呆若木鸡，一动不动，酒瓶仍贴在嘴边，目光却死死地盯住了克雷霞：

"我明白了，小姐是安全局的。你认识我的声音，因为你窃听过我的电话，对吗？"

"不对。我在银行工作。"

"好，好吧，不过我已拿到了护照，就要走了。我就要出国，你明白吗？我就要到自由世界去。就像你看到了，我在收拾行李。这已经到了尽头，你们不能再把我怎么样。"

9

男人显然急眼了，并暴露了他的身份与状态，他说话已经不加掩饰了，对姑娘的称呼也从礼貌的"您"变成了粗暴的"你"。克雷霞知道男人完全误解了她，他完全搞错了，因为她只是一个入梦太深的姑娘，不是自由的敌人，更不是

什么安全局的:

"请您别……"
"你想干什么?"
"我梦见了您。我是通过电话簿找到您的。"

为了让男人相信自己的话,她从手提包里拿出了身份证。可男人依旧将信将疑,他表示自己要收拾行李,还有许多亟须去办的重要事情。克雷霞无奈地收起身份证,她感到"喉咙憋闷得发痛":

"我这就走。"
他没有挽留。他把她送到门口。
"就是说您梦见了我?"
"是的。"她边说边穿鞋。
"您是通过电话簿找到我的?"
她点了点头。
"再见。我很抱歉。"她说。
"再见。"

见克雷霞要走,男人松了口气,所以重新把"你"换回了"您"。

10

克雷霞冲下楼梯，一路朝火车站走去，由于一直啜泣，睫毛膏都融化了，她看到的世界一片模糊。售票员却对她说，最后一列驶往弗洛茨瓦夫的火车已经开走，而下一班要到明天早上。于是她去了车站酒吧，要了一杯茶，呆呆地坐在那儿，看着雾蒙蒙的夜色从月台流淌到车站内部，恍若梦境。她试图安慰自己的遭遇：

"这不是说明梦并不可信的证据。"克雷霞最后作如是想。梦总是有意义的，从来不会错，是现实世界没有成长到梦的正常状态。电话簿说谎骗人，火车选择了不适当的方向，街道看起来彼此过于相像，城市名称的字母搞错，人们常常忘记自己的名字。只有梦是真的。

尽管在现实中碰了壁，克雷霞依然相信自己的梦，相信自己的梦没有什么不正常，而"是现实世界没有成长到梦的正常状态"！一个人之所以抓住梦不放，之所以如此执迷于梦，也许恰恰说明了那个年代现实之凉薄与匮乏。谁叫她做的是一个爱的梦呢，梦里有那么温暖的爱的声音，她一直记得那声音，记得声音里的爱，正是这声音和爱情，彻底迷惑了她，让她陷入谵妄般的魔怔状态。情况差不多就是如此。

这个时候,她的左边耳朵又听到那温存的、充满爱恋之情的声音。

11

这一次,克雷霞没有幻听。

我们其实也能猜到,托卡尔丘克不会让这场发生于梦中的爱情,在碰到一点现实的阻碍后,就那么不了了之地缩回梦里。

果不其然,是那男人赶到车站并找到了她:

"我给询问台打过电话,小姐要乘坐的开往新鲁达的最后一班火车已经开走了。"安杰伊·摩斯说,他坐到了她的小桌子旁,用手指在潮湿的漆布上画了个十字,"小姐的睫毛膏糊了。"

她从小手提包里掏出手帕,用唾沫弄湿了一角,擦了擦眼睑。

"就是说您梦见了我?这是难以理解的奖赏。如此梦见一个不相识的人,一个住在国家的另一端的人……哎,说说看,在这个梦中发生了什么事?"

"什么事也没有发生。只是您曾对我说话。"

"我说过些什么?"

"说我是个不同凡响的女人,说您爱我。"

他把响指打得噼啪响,慢悠悠地望着天花板。

"这是结识异性多么奇特的方式。我佩服得五体投地。"

也就是说,男人愿意接受女人的古怪行为,但依然不能接受女人的梦,他可以相信一个做梦的女人,但还是不能相信她做的梦。对此,克雷霞已经懒得再分辩什么了,她心里明白,也许这不能怪他,自己大概只能把梦放在梦里了:

她不吭声。用小匙子小口地喝着茶。
"我真想此刻已经待在家里。"过了一会儿她说。
"我们走吧,到我那儿去。我有两个房间。"
"不。我在这儿等车。"
"随您的便吧。"
他走向小卖部,给自己端来一大杯啤酒。

看着这个陌生而又瘦削的男人,克雷霞终于意识到,也许真是自己弄错了什么,虽然心有不甘,但她决定把梦与眼前的现实分开:

"我想,您不是阿·摩斯。就是说,不是我梦见的那个人。我定是在什么地方弄错了。可能是另一座城市,不是琴斯托霍瓦。"

"有可能。"

"我将不得不再去寻找。"

男人猛地把啤酒往桌子上一搁,以致啤酒都泼出了一些来。

男人的耐心差不多已经耗尽,对她的梦实在没有多少兴趣。但他显然并不讨厌她本人:

"可惜,我无法知道结果。"

"不过您有相似的嗓音。"

"我们走吧,到我那儿去。您在床上睡个好觉,而不是在酒吧的小桌旁打盹。"

他看到,她有些踌躇。她睫毛上没有了那些噩梦般的睫毛膏看上去要年轻得多。疲惫软化了自命不凡的外省闺秀。

"我们走吧。"他重复了一遍。而她则无言地站了起来。

他拎着她的行李,重新朝山麓走去,踏上了已是空空荡荡的显克维奇街。

12

两人回到男人的房间。

男人给她铺好沙发床后，走进厨房，想喝点酒再去睡觉。

就在这个地方，托卡尔丘克向我们展现了她那辗转腾挪的叙事能力，展现了谋篇布局方面的细致与缜密，她只用了一个小细节，一个前面已经作了铺垫的细节，就让故事的情节发生了陡转，让这场越来越趋近现实的爱情一下子又荡回到梦的轨道或逻辑！

克雷霞无意间在墙上壁柜里的打字机卷纸上看到了一首诗，那首诗的标题，让她的心怦怦直跳：

《马里安德之夜》！

马里安德不正是梦中男人所说的地方吗？克雷霞当时在电话簿上没查到马里安德有叫阿摩斯的人，最后是在琴斯托霍瓦找到了阿·摩斯，正是这个存在于梦与现实之间的小缝隙，使她不能够完全把现实的阿·摩斯认定为梦中的阿摩斯。现在，她在卷纸上看到了阿·摩斯与马里安德之间隐秘而又牢靠的联系，就像揭开了谜底一样，她找到了阿·摩斯就是阿摩斯的铁证：

她立在打字机前恍如瘫痪了一般。而她背后，在厨房里，梦中的阿摩斯把玻璃弄得叮当响。一个活生生的、温存的、瘦削的、有双发红眼睛的男人，就是这个人，他了解一切，理解一切，他进入人的梦中，在那里播种爱情和不安。这就是那个推动世界的人，仿佛世界是块大幕布，用它遮挡了某种别的真理，某种难以捉摸的真理，因为那是没有任何事物、任何事件、任何牢靠的东西支撑的真理。

写出了这样的真理，完成了这样的飞翔般的叙述，托卡尔丘克一定长长地舒了一口气，心里喜悦又充实，她也许会让自己在这个地方停一会，点上一支烟，一边回头重读这段叙述，一边深深地吸几口烟，犒赏一下自己。

接下来的叙述，就像顺风滑翔一般容易得多了：

> 她用颤抖的手指触动了打字键。
> "我写诗，"他在背后说，"我甚至还出版过诗集。"
> 她无法转过身来。
> "喏，请吧，请小姐坐下。现在这已没有什么意义。我就要去自由世界，要是您给我地址，我会给您写信。"
> 她听见他的声音就在自己身后，在左边。
> "您喜欢吗？您阅读诗歌吗？这只是草稿，我还没有把它写完。您喜欢吗？"
> 她垂下了脑袋。热血在她耳中轰轰作响。他轻微地触了一下她的肩膀。

"出了什么事?"他问。

她转身朝着他,看到他盯着自己的一双好奇的眼睛。她感觉到了他的气味——香烟、尘土和纸张的气味。她偎依到这种气味上,他们一动不动地站了几分钟。他的双手抬起来,迟疑了一下,而后就开始沿着她的后背抚摸她。

这场发生于梦中的爱,开始势不可挡地往现实的性的方向滑去。但托卡尔丘克并没有就此松手,为了不让爱一下子滑向性,为了不让梦轻易坠入现实,托卡尔丘克写出了一句缓冲般的神来之笔:"她偎依到这种气味上"!就像偎依在梦中一样。

13

他把手指插进她氧化成浅黄色的头发,又伸嘴去咂吮她的嘴唇。后来,他把她拉到沙发床上,动手脱她的衣服。她不喜欢他这种过于狂野的举动,她感觉不到欢愉,简直就像在做出牺牲。而她又不得不允许他随心所欲。于是她被脱掉了裙装、衬衫、吊袜带和胸罩。他那瘦削的胸膛在她眼前移动——干巴巴,像石头一样生硬、呆板。

克雷霞之所以感觉不到欢愉，当然是因为她持有的是梦的逻辑与爱的参照系，她之所以妥协，之所以做出牺牲，当然也是因为那份爱。正是梦中的爱与柔情，让现实的性显得"像石头一样生硬"。

"你在梦中是怎样听我诉说的呢？"他气喘吁吁地悄声问。
"你是在我耳朵里说的。"
"在哪只耳朵里？"
"在左耳里。"
"在这里吗？"他问，接着把舌头伸进了她的耳朵。

伸进左耳的舌头，一下子堵住了爱的声音，什么也听不到的克雷霞，就像溺水般只能把自己交给男人交给了性：

一切都为时太晚。她已不能解脱，无可逃遁，只好闭紧眼睛，任其摆布。他用身体的全部重量压服了她，占有了她，穿透了她，使她麻木。而她也想不起来从哪里知道，这是必经之途，知道自己首先得把属于阿摩斯的东西给他，为的是以后能将他本人带在身边，将他像植物、像棵大树一样栽到房子前面。因而她屈从于这个陌生的身体，甚至还用手笨拙地搂抱他，加入了有节奏的古怪舞蹈。

这段性描写的卓越不凡在于，即便女主人公已经被欲望的旋涡裹挟而去，但托卡尔丘克却仍然让她紧紧抓住梦与爱的救命稻草，所以，你看到的就不是俗套的交媾，而是"古怪的舞蹈"！

14

梦固然美好，但它终究只是梦。

所以，托卡尔丘克不想让自己的女主人公陷在梦里沉湎不醒，哪怕它是一个爱的梦，也只能打破它。

我们看到，克雷霞与男人事后继续作了一些交流，这些交流依然是错位的，不尴不尬的。直到克雷霞再次看到壁柜打字机上的那首诗：

"你为什么骗我？你为什么不承认你是阿摩斯并且知道有关我的一切？"

"我不是什么阿摩斯。我叫安杰伊·摩斯。"

一起做了一场爱所带来的全部变化，似乎只是相互之间的称呼再一次从含蓄的"您"换成了赤裸的"你"。他们之间的语言交流眼看又要掉进死胡同，眼看又要在阿摩斯和安·摩斯之间绕圈子。于是，克雷霞祭出了最后的撒手锏：

"那么马里安德是怎么回事?"

"哪个马里安德?"

"《马里安德之夜》,马里安德是什么?"

他扑哧一声笑了,挨着她坐到椅子上。

"是市场边的一家酒馆。所有本地下三烂没事都到那里喝酒。我为此写了那首诗。我知道,是首蹩脚货。我写过一些更好的诗歌。"

她难以置信地望着他。

爱情的梦就这样戛然而止。

接下来的叙述,就变得简单了。为了让克雷霞忘掉梦中的爱的声音,为了重新把她拽回到现实当中来,托卡尔丘克只需叙述那些寒风般灌进克雷霞耳朵里的纷杂噪声就行了,这些噪声是出过远门坐过火车的人都再熟悉不过的:

> 归程中充塞了开关门的咯噔声——夜班火车的门、包间的门、车站厕所的门、公共汽车的门的各种咯噔声。最后是家里的大门发出的沉闷的撞击声。

15

几天后的一个夜晚,克雷霞的左耳再次出现了那个熟悉的声音。但梦里的她听到的不再是爱与柔情,她与阿摩斯在梦里的对话只剩下了别扭与不愉快,所以克雷霞很快就从梦中醒来了。

经过这次琴斯托霍瓦的远行之后,克雷霞觉得什么都跟先前不一样了。她对接下来的生活还没有什么底,对自己的未来依然没有数,她甚至为此专门去找过占卜师。占卜师的回答模棱两可,她后悔花了这份钱,她觉得还不如拿这些钱买件"淡绿色的珍珠纱女衬衫"。

克雷霞知道自己已经回到了现实,这是经过了梦的洗礼之后的现实,是已然变得沉静安稳的现实。在这样的清醒的现实里,她开始慢慢淡忘那个梦。

即便偶尔在夜里听到那个似曾相识的"我爱你"的声音,但克雷霞清楚那只是梦而已,所以她很快就睡着了。

曾经发生在自己身上的爱情故事,留给她的只是"模糊的印象",她"好像知道点什么",但"不明白那究竟是什么"。

我们明白了吗?

托卡尔丘克想通过克雷霞的故事告诉我们什么呢?爱只是爱者自己的事?纯粹而美好的爱情只存在于爱者自个的心里或梦里?这样的爱情,一旦接触到现实的空气就会氧化就会变质?

在某种意义上,托卡尔丘克的《阿摩斯》解构了柏拉图的爱情原型,告诉我们,寻找另一半云云,只是对爱情的理想化描述而非现实性揭示。我觉得，托卡尔丘克用自己的精彩叙事有力地呼应了桑塔格的那个爱情洞见：

> 被人们当作是对另一个人的爱慕之情的东西，揭去其伪装的话，其实是孤独自我的又一次舞蹈。

16

当然，借助磁力作用模型，针对《阿摩斯》这个爱情发生学绝妙案例，我们可以作出这样的总结：克雷霞在梦中被阿摩斯（借助声音的媒介）的爱的磁力唤醒，触发了她的爱情天赋。于是，她在现实中坐火车（因为克雷霞买不到可以把她载往梦境的列车票）找到了这个叫阿·摩斯的男人，她不断向他发出爱的磁力。在某些时刻，由于声音的作用，她几乎以为自己已经接收到他的磁力，但实际上这样的磁力并不存在，只是她的一厢情愿。在整个过程中，那个男人具有的充其量只是惊扰、不耐烦、好奇与对克雷霞身体的欲望，他一直没有发出过纯粹的心灵意义上的爱的磁力线，所以两人之间只能发生性而不是爱。从爱情发生的磁力作用模型来看，克雷霞所经历的，只是一场被梦中的磁力所引发的现实的单恋。

而从女权主义角度，托卡尔丘克似乎又借助《阿摩斯》揭橥了爱情中男女地位并不对等的真相：

梦中的爱情之所以理想和美好，有一个重要的不可忽视的原因：女主人公是在被动地接受爱情，主动让爱情发生的是男人；当女主人公在现实中主动去实现爱情时，被动的男人就吓坏了，这场爱情也就翻车并终结了。

触不到的恋人

1

爱情,可以在独自一个人的情况下发生吗?

2

《一个富于想象的女人》是哈代的一部很少有人谈起的中篇小说。

女主人公埃拉和丈夫、孩子一起到海滨胜地去旅游。他们想租一间海边的房子住些日子。

丈夫马奇米尔是一个轻兵器制造商,而埃拉却是"缪斯的崇拜者",他们俩性情迥异,兴趣也毫无共同之处。

他们看中的房子,有两间已经出租给一个年轻人,女房东表示那个年轻人会乐意把房子让给他们一家,因为他会到对面的岛上一个小茅屋住一段时间。于是一家人就住进了这所房子。

因为年轻人住过的小起居室有许多书，喜欢文学常写诗歌偶有作品发表的埃拉就要求住在这间小房子里。

女房东告诉埃拉，那个年轻人是个诗人。

我们知道，哈代自己也是一个诗人。

3

埃拉打开一本书，看见扉页上写着主人公的名字，"罗伯特·特雷威"，不禁惊叫了起来：

"天哪！"

原来，这个特雷威曾和她在一份杂志的同一页上发表过同样题材（日报上报道过的一件惨事）的诗歌，只是特雷威的诗发表在上方，用大号字体，而她那首用一个男性笔名发表在下面的诗则是小号字体。编辑在按语中指出这是一个巧合。

当然，无巧不成书。所有的故事都离不开偶然与巧合。

4

女房东有一次让埃拉注意到她从没发现的东西：床头帘

子后面的墙纸上用铅笔涂写得很小的文字。

都是特雷威夜里醒来想到的诗歌片断,临时写在墙上以免忘记。埃拉看到这些文字自然很是兴奋。

埃拉熟读了特雷威的诗集中的所有诗歌,并花大量时间想写出超过他的诗歌来,但徒劳无功。特雷威对她的吸引力越来越大:

这个无处不在却又无法接近的年轻人对她个人产生的吸引力,远比那种智力的与抽象的吸引力强烈得多,她对此无法理解。

情况差不多就是这样,无法理解的人与事,往往更容易牵动我们的心,更容易让我们着迷不是么。

5

一天,孩子在一个衣柜里玩捉迷藏游戏,兴奋地拖出什么衣物,女房东说那是特雷威的,并把它挂了回去。埃拉有些"想入非非",在傍晚没人的时候,她就打开衣柜,把特雷威那件橡皮布防水衣穿在了身上,并戴上了防水帽。

这里至少有两个潜在动机可以"精神分析"一下:一是衣如其人,穿上它,就约等于被拥抱了;二是所谓"以利亚的披风",以为穿上它会让她产生诗的灵感,也许她就可以赶上这个年青的天才诗人。

6

埃拉的好奇与爱慕还在升温。

某个下午,她问女房东可有特雷威的照片什么的,女房东告知她,就在她"寝室内壁炉架上的那个装饰框里",在"王室公爵和公爵夫人像的背后"藏着一张特雷威的照片,因为"他不想让新来的陌生人看见他的照片",所以他就塞到了那儿。女房东这样描述特雷威的长相:"他更引人注目而不是漂亮。当他快速地环顾周围时眼里像放射出闪电一样"。埃拉还得知,特雷威三十二岁,比自己只大了两岁。

刚巧,那天下午丈夫与朋友沿英吉利海峡去了巴德茅士,次日才能回来。

吃了一点饭后,埃拉便和孩子们到海边去闲逛,直到黄昏:

> 心里想着自己房间里那张仍遮盖着的照片,静静地感到某种使她狂喜的事就要来临。

伴随着这阵狂喜,爱情已然发生了!

夜里,等孩子们睡着,埃拉穿上睡衣,先读了几页特雷威写的最温柔的诗句。然后,打开相框,取出照片,"把它立

在自己面前",就好像特雷威站在她的面前一样:

　　这看起来的确是一副引人注目的面容。诗人蓄着浓密的胡子和鬓须,耷拉着的帽子把额头也遮住了。女房东所描绘的那双黑眼睛,显示出一种无限的悲哀;它们从那美丽的眉毛下向外看着,仿佛在眼前这位女人微观宇宙般的面容上审读着整个宇宙世界,而对其中所预示的情景并非十分乐观。
　　埃拉用她最低微、最圆润、最温柔的语调说:"就是你很多次那么无情地让我黯然失色呀!"
　　她久久地注视着这张照片,陷入沉思,直到眼里涌出泪水;她吻着那薄薄的纸板,然后她既紧张又轻松地笑起来,擦着眼睛。

　　连用三个"最",写出了一个坠入爱情的女子最最动人的一刻。
　　吻纸板这个动作,无疑比吻特雷威本人更加情欲勃发,更加刺激埃拉与我们的想象!这个细节凸显的是爱的无中生有与隔空来电。
　　哈代在接下来的叙述中,运用了被后来的"形式主义"者概括为"延缓与阻滞"的叙事原理,故意把埃拉阅读墙纸上那些词语与诗句的感受放在了这里叙述,以进一步催化爱情的发生:

之后她又借着烛光仔细看着床旁墙纸上已擦掉一些的铅笔字迹。它们是些短语、对句、押韵的词、诗句的开头和中部，一些粗略的概念（就像雪莱的那些文字片断），即使最微不足道的也如此充满热情，如此温柔可爱，如此动人心魄，仿佛他那温和深情的呼吸从四面墙上吹向她的脸颊，正如它们现在包围着她的想象一样。他一定经常这样举起他的手——手里拿着铅笔。是的，笔迹斜向一边，假如一个人这样伸出胳膊去写就会是那个样子。

因为爱，因为深深的迷恋与痴情，一个人可以在诗句里读出另一个人的深情的呼吸，可以单凭墙上的斜向一边的字迹，想象出心上人当初书写它们时的身体姿势与样子……

7

人们很容易把埃拉的情感与爱欲看成是单相思或幻想症，因为直到最后，埃拉也没有见着特雷威，而他很快自杀身亡了。

留给埃拉的是无比的悲伤与失落，不久之后，她也离开了人世。

但我还是愿意把哈代的这篇小说看成是爱情发生学的独

特案例。因为说到底，爱情的发生完全可以只是自己一个人的事，可以只是亘古常青的爱欲能量的喷涌与绽出，就像埃拉的生命里曾经发生过的那样。

我不认为哈代只是叙写了一个单相思的故事。与其说埃拉爱上的是一个触不到的虚幻的恋人，还不如说她爱上的是自己的强健的想象，是自己纤敏的爱情天赋和本能！

也就是说，她爱上的是爱本身。

8

从爱情的磁力作用机制来看，爱情的发生，意味着男女双方爱之磁力的相互交叉与作用。如果只有一方发出爱的磁力线，我们就认为这是单相思而不是爱情的发生。

在哈代这部中篇小说里，情况到底怎么样呢？埃拉与特雷威之间似乎并不满足爱情发生的空间条件，因为两者从未谋面从未相见，磁力作用也就无从发生。但是，哈代通过巧妙的构思与叙事，超越了常见的磁力作用机制，超越了单相思格局与空间条件的限制，让爱情奇异地发生了。

我们看到，尽管特雷威始终缺席从未出现，但他的诗句、他的笔迹、他的照片上的微笑却真实在场，始终围绕着埃拉并向她发出爱的强健的磁力线。对埃拉来说，特雷威本人虽然看似虚幻，但墙壁上的诗句与纸板上的微笑却绝对是真实的存在。

我们常说字如其人，但如果这些文字是诗歌，情况又会更进一步，因为一个人的诗句是心灵的泉涌和精神的造型，诗歌所蕴含的情感光芒与爱的磁力，往往比生活中出现在面前的诗人更有过之而无不及。也就是说，爱情的发生不同于性的发生，对方可以是虚拟的存在（以诗歌、字迹等形式），爱情的发生可以是自己一个人的事情。而做爱则必须两个人才能完成。

所以，我们看到的既是一场另类爱情发生的奇迹，同时也是文学与诗歌超时空作用的奇迹。

我想，这也许就是哈代在构思与叙事方面的巧妙所在，也是这篇爱情小说的用意所在。

当然，我们也可以把发生在埃拉身上的爱情理解成单恋。在整个过程中，埃拉不断向触不到的恋人发射爱的磁力，并借助他的诗句、笔迹及照片里的微笑，强烈地想象或虚构了他所发出的爱的磁力。因此她经历的并非传统的单相思（对方的爱之磁力始终阙如），而更近于单恋。所以，哈代的这篇小说应该译成《一个想象力强健的女人》而非《一个想象力丰富的女人》。蒙田早就说过了：

强健的想象产生事实。

在这篇小说里，所产生的事实，就是爱情。

之所以提供两种解读，倒并不是因为观点的犹疑或理解的漂移，而是恰恰想说明文学作品的复杂、丰富与微妙，优秀的小说总是超越单一的题旨，拥有开放的品质，拥有多种解读的可能性。

如果合二为一，我们也可以这么理解：哈代在这篇小说中，不仅叙述了爱情的奇异发生，也叙述了诗歌的力量与想象的力量。

最后，我觉得这篇小说的爱情叙事有一个很特别的地方，与许多传统小说女主人公在爱情故事中的被动状态不同，哈代笔下的女主人公埃拉一直在主动寻找和追求爱情，尽管这场爱情有虚幻的成分，但她那爱的勇气，她的行为所透露出来的主动性，却非常真实可贵，令人感佩。作为一部十九世纪的作品，这一点尤其难得，甚至可能是一个少见的例外。

轻盈与迅疾

1

轻盈与迅疾,是卡尔维诺在《未来千年文学备忘录》里阐述的两种永恒的文学品质,我借用这两个词,来描绘和形容一个作家对爱情发生的神妙叙述。

这个作家就是芬兰的西兰帕,在其代表作《少女西丽亚》(黄道生、孙叔林等译,漓江出版社,1992年出版)中,他把那场爱情的发生,叙述得那么轻盈那么迅疾!

那么让人难忘。

2

这场爱情发生在庄园主的儿子古斯塔与帮厨姑娘希尔玛之间。

小说开头不久，古斯塔的母亲刚刚去世。他的生活从此发生了质的变化。那个夏天的傍晚，他放牧归来，走近大门口，便感到一阵孤独的气息向他袭来。那个年轻的厨娘坐在主屋的门槛上，她见古斯塔走近，却并没有站起来，她一动不动，仍然坐在门槛上，安详的脸上流露着伤感与同情。她那深沉的目光，似乎在请求古斯塔多看自己一眼，当然，这也可能是孤独的古斯塔的错觉或幻觉，毕竟他刚刚失去母亲：

> 古斯塔因刚失去慈母，故而对姑娘的举止、眼神倍觉亲切。他因为要把马笼头放到门背后的角落里，而姑娘就坐在门槛上一动不动，他只好越过姑娘的肩膀倾着身子把笼套扔进去……就这样，在这仲夏的晚上，古斯塔和希尔玛，这对未来的情侣、未来孩子的父母，就相互挨近了。这个夜晚令人永远不能忘怀，直到她停止呼吸。

3

两个年轻人之间的这场爱情，只用了自然而然的一个细节"倾着身子"，就轻盈如梦迅疾如风地发生了。真是举重若轻化繁为简，真是简洁之极准确之极，几乎抵达了不着一字尽得风流的玄妙之境，而且完全摆脱了一见钟情或多看一眼之类的爱情模式与固有套路。

也就是说，所有的原创与美好，所有的轻盈与迅疾，其实都源于那个精魂般的细节。这个细节就像阿基米德的支点，真有撬起整个地球的力量。

4

而且，在叙述爱情发生的同时，西兰帕的笔就像一根叙事的魔杖，从当下眼前，一笔就荡到了遥远的未来！

5

我其实在三十多年前就买了这本《少女西丽亚》，一直放在书架束之高阁，可能是西兰帕名气不大的缘故，我一直没想过要阅读这本书。前不久，是因为一个纯属偶然的原因，才打开了它。

但当我读到这段爱情叙事时，我就知道西兰帕绝不是一个可以等闲视之的作家。名气这东西可真是误人不浅，而文学排行榜之类压根儿就靠不住。

与西兰帕的暌违与相遇，让我不禁又一次感叹，世界文学真像海洋般宽广浩瀚又像星空般深不可测。

马尔森达的左手

1

与萨拉马戈其他那些寓言化的小说（如《失眠症漫记》《所有的名字》等）相比，我更偏爱这部双重虚构的奇异文本《里卡尔多·雷耶斯离世那年》（萨拉马戈著，黄茜译，作家出版社，2018）。

我们都知道葡萄牙著名诗人费尔南多·佩索阿，韩少功曾经翻译过他的诗集《惶然录》。在佩索阿的创作生涯中，他创造了多个异名人物，所谓异名人物，既不是传统的笔名，也不是虚构的人物或叙述者，而是诗人的分身有术的虚拟产物。有趣的是，这些异名人物各有自己的出生和名字，个性与经历各不相同，他们的作品风格也迥然有异，更有意思的是，这些异名人物之间并不孤立，他们经常往来、通信，并相互评论，构成了一个完整的异名系统。佩索阿的异名写作，突破了作家的写作对个人经验的依赖与真实性束缚，使他的诗歌创作成为一种超越个人有限经验的无限虚构与创造，从而扩展了诗歌的边界，为诗歌写作带来更多的可能性与更广阔的空间。

萨拉马戈这个长篇小说的主人公，就是佩索阿四个最重要的异名人物之一里卡尔多·雷耶斯（其他三位分别是阿尔伯特·卡埃罗、阿尔瓦罗·德·坎波斯和贝尔纳多·索阿雷斯）。用译者黄茜在译后记中的话来说，在这部双重虚构的小说里：

> 医生、君主主义者里卡尔多·雷耶斯、感觉主义诗人费尔南多·佩索阿和老愤青若泽·萨拉马戈不可抑制地重叠起来，组成一个光晕迷蒙的"三位一体"。

在小说开头，因为费尔南多·佩索阿的真实的去世，虚构的异名者、同样是诗人兼医生的里卡尔多·雷耶斯在相隔十六年之后，从巴西里约热内卢坐轮船返回了葡萄牙里斯本，下榻于市中心的一个旅馆。

2

这部堪称虚构的平方的小说，叙述了生者与死者的魔幻现实般的会面，思考并击穿了生死界线；叙述了节日的里斯本之夜熟悉又陌生的景象；叙述了城市广场的钟声；叙述了雨中的漫步和海边的踌躇……当然，也叙述了一场奇异的爱情的发生。

3

里卡尔多·雷耶斯第一次在旅馆餐室遇到马尔森达姑娘与她父亲，首先让他震惊的，不是她的美貌或身材，而是她那瘫痪的左手：

瘦姑娘喝完了汤，放下汤匙，右手抚弄着栖息在膝头的左手，如同抚弄家养的小动物。里卡尔多·雷耶斯被这个发现惊呆了，他注意到从一开始这只左手就没有动过，他想起她只用右手摊开餐巾，此时又用右手抓住左手把它放在桌上，无比小心的，仿佛极易破碎的水晶，而在餐盘旁边，那些修长、苍白的手指，却从不参与用餐的动作。里卡尔多·雷耶斯感到一股寒战，是他，而非别人替他感到了这寒战，一股肌肤的寒流既涌向身内又溢出身外，神昏目眩看着一只瘫痪的、盲目的手，若不被抬起就不知道应该去向何方。此处它感受到了阳光，此处它听到了谈话，此处那个来自巴西的先生看见了你，小小的手之所以成为左手是因为你在身体这边。

一个诗人当然得爱上与众不同的女孩,而马尔森达因为这只瘫痪的左手显得那么奇特,一下子引起了诗人的注意与震惊,与此同时,怜悯与爱意随即从内心升起。所以,这场爱情始于一个诗人的眼睛邂逅一只瘫痪的女孩的左手,这之后,整个人与身体的其他部位才进入爱的视野:

那姑娘回过脸来。从正面看她显得比二十岁要大些,但侧影又使她立即恢复了年少,颀长的虚弱的脖颈,精致的下颌,不稳固的身线,不安全的,未完成的。

4

马尔森达是跟父亲从外地赶到里斯本来治疗这只手的,每个月来诊治一次,每次都住在这个旅馆。所以,这场爱情注定要让诗人品尝时空的隔阂与莫名的期待。中间,诗人还抓住机会与父女俩一起去看了一场戏剧演出,相互之间隔着三排座位,在中场休息时,诗人与父女俩总算正式相互认识。但演出结束,诗人故意拒绝了她父亲邀请他一同坐出租车回旅馆的建议,因为他不想让女孩感到他的急不可耐,不想让她有压力,不想制造狭窄的出租车空间里的那种可想而知的尴尬。谁说陷入爱情的诗人没有心机呢?

一天之后,两人在旅馆起居间相遇并交谈。他们先交流了昨晚的戏剧,接着,里卡尔多·雷耶斯询问了马尔森达的左手的情况,并自然而然水到渠成地握着那只手察看了起来,因为他也是一名医生不是么:

然后俯身将双手伸向马尔森达,问道,可否?她也微微前倾,右手握住左手,把它放入他的手中,仿佛那是一只受伤的小雀,翅翼折损,铅弹钉入了胸脯。缓慢、轻柔而坚实地,他用手指按压她的手,一直移动到手腕,在他的生命中第一次懂得了什么叫彻底的屈服,没有任何反应,无论是自动的还是本能的,没有任何抵抗,更坏的是,它似乎是个陌生的身体,不属于这世界。

马尔森达把自己的左手交给诗人,在爱的意义上几乎超过了把自己的身体交给对方。当然,在这部小说里,马尔森达一直没有把身体交出去,诗人得到的是旅馆女仆丽迪娅的身体。也许,诗人的爱与性常常就是分裂的。

5

直到小说的后半部分,里卡尔多·雷耶斯与马尔森达经历了那么长久的分隔与胶着,诗人终于离开旅馆,到不远的地方租了一处房子,两个人开始通信,互诉衷情,马尔森达在一个傍晚独自来出租屋看望里卡尔多·雷耶斯,到这时,两人之间才发生那一次"世纪之吻",那同时也是马尔森达的初吻,毫无疑问,小说的爱情叙事毕其功于此吻!

这个吻,可以看成是爱的磁力相互纠缠剧烈作用的喻象。

要写好这样的一吻,要应对这样的难度与挑战性,萨拉马戈需要调动的绝不仅仅是心血与全部才华,还需要调动生命深处的最初的刻骨的爱的记忆:

> 里卡尔多·雷耶斯于是说,我要亲吻您了。她没有回答,缓慢地用右手护住左手的手肘,这是什么意思呢?是抗议,是请求休止,是投降,交叉在身体前的手臂是一圈栅栏,或许,是一种退缩。里卡尔多·雷耶斯前进了一步,她站在原地未动。又前进一步,几乎要碰着她了,马尔森达松开手肘,让右手松松地垂下,她感到这只手和左手一样死了,她的生命现在仅仅是狂跳的心灵与战抖的膝盖,她看到一个男人的脸在缓缓地靠近,感觉到在喉咙里正在成形的哭泣,她的和他的,哭泣。嘴唇碰在了一起,这便是一个吻吗?她想。但这只是一个吻的开始,他的唇紧紧地按在她的唇上,他的双唇打开了她的双唇,这是身体的宿命,打开它。里卡尔多·雷

耶斯的双臂紧搂着她的腰与肩,拉拽她,她的胸口第一次紧贴着一个男人的胸膛而感到窒息。她知道这吻还没有结束,这一刻甚至无法想象它会停止,而世界回到吻的开始,回到它最初的纯洁。她也理解她得做点双臂下垂之外的事,她的右手上移至里卡尔多·雷耶斯的肩头,左手仍是死的,或睡着的,因此梦着,在梦里想起了它曾经做过的动作,在梦里,那些动作将死了的手送入另一只手,这样,手指便可以与手指交错,圈住这个男人的脖颈。她以吻回答了他的吻,以手回报他的手,当我决定来这里时就这样想了,当我离开旅馆时就这样想了,当我走上楼梯并看见他从栏杆俯身时就这样想了,他会吻我。她的右手离开他的肩膀,疲惫,滑脱,她的左手从不曾在那里。这是身体起伏不定地退避的时刻,这吻已到了极限,不能满足于自身。在累积的张力把我们推向第二阶段前我们彼此分开,那第二阶段乃是另外的吻的爆发,仓促、简短、气喘吁吁的吻,在那吻中嘴唇已不满足于嘴唇,但总是又回到了它,吻过的爱人都知道这种经验,但马尔森达不,她第一次被一个男人拥抱和亲吻,然而她觉察到了,从她的身体内部到肌肤之外都觉察到了,那吻愈是延长,就愈有必要将其重复,贪婪地,在渐强中没有结束的可能。她逃走的方式,存在于喉咙里的呜咽,她用微弱的声音乞求，放开我，被莫名的顾虑感动，仿佛害怕冒犯了他，复又说，请让我坐下。里卡尔多·雷耶斯引她到沙发边，扶她坐下，不知道接下来该做什么，该说什么话，是再次做爱的宣布，还是简单地请求她原谅，是双膝跪地，还是沉默着等她先开口。这一切仿佛都是错的，不诚实的，唯一真实的是当他说，我要亲吻您，并这样做了。马尔森达坐下，左手放在膝头，仿佛在见证什么。里卡尔多·雷耶斯也坐下来，他们彼此注视，两人都感到自己的身体仿佛一只巨大的、轻响的海螺。马尔森达说，也许我不该告诉您，但我知道您会吻我；里卡尔多·雷耶斯身子前倾，捉住她的右手，将它放到唇边，说，我不知道我吻您是出于爱还是出于绝望；而她回答，从没有人吻过我，因此我无法分辨绝望和爱；但是，至少，您知道我的感觉；我感到您的吻如同大海感到波浪，如果这些话有什么意义，它说出的是我现在的感受，而非我当时所感；我这些天一直在等您，我问我自己，若您来了会发生什么，我从未想过事情会是这样，但是当您走进来时，我意识到亲吻您将是唯一有意义的举动，刚才我告诉您我不知道这是出于爱还是绝望，如果那一刻明白这是什么意思，此刻我却不知道了；所以您毕竟没有感到绝望，也没有对我感觉到爱；我相信所有男人都爱他亲吻的女人，即便是为了绝望而吻；您有什么理由绝望呢；只有一个理由，即空虚；一个能运用他的双手的男人还有什么可抱怨的；我并不是在抱怨，我只是说，一个男人需要体验无比的绝望，才能对一位女子说，正如我所说的，我要亲吻您；您这样说也许是出于爱；如果是出于爱，我会什么也不说就亲吻您；那么您不爱我；我非常喜欢您；然而我们不会因为彼此喜欢而亲吻；我们不会；我们现在做什么，在发生了这一切之后，我坐在这里，在您的家里，面对着一位在我的人生里交谈过三次的男人，我来这里是为了看他，与他说话并被他亲吻，我不想思考其他的；有一天也许我们不得不想；有一天，也许，但不是今天。

真的，这段恋人之间的亲吻的叙述真的是太出神入化了，试探与打开，欲拒还迎，吻合与错开，吻中的时间停顿，跨越现实与梦境的左手，回环与复沓，心理与生理，欲望与绝望，深邃与辉煌……即使放在整个文学史上，都堪称精品或极品。

这也是《爱情发生学》这本书里抄录的最长的引文。

当然，经历了这样一次空前绝后的亲吻之后，这场爱情的发生也就宣告完成无疾而终了。

6

叙述了这场宇宙级的亲吻之后,萨拉马戈就让马尔森达离开了里卡尔多,继而让里卡尔多走向了旅馆那个女仆。这个双重虚构的诗人,完成了虚构般的精神之爱之后,最终走向了现实之极的肉体之爱。

里卡尔多·雷耶斯与女仆在旅馆房间里终于来电的那一个瞬间,萨拉马戈是这样叙述的:

> 他站起来,为了安慰她把手放在她的臂上。他感觉到她锦缎的衣袖和肌肤的温热。丽迪娅垂下眼睛,让开一步,但他的手仍跟随着她,就这样有几秒钟。最后里卡尔多·雷耶斯放开她的手臂,而她急急抓起托盘,托盘上的瓷器轻轻战抖着,仿佛二百〇一号房间是一场地震的震中,更确切地说这地震发生在女仆的心里。

你看看,借助瓷器在托盘上的轻轻战抖,萨拉马戈就写出了一场性爱的地震,并锚定了这场地震的震中——女仆丽迪亚的心脏!

裙子上的补丁

1

茨威格的《一位陌生女子的来信》,算得上是爱情小说的名篇了。小说的叙事结构并不复杂,一位作家收到一封陌生女子的来信,信中称呼他"你,永远不知道我的你",这位陌生女子在这封长信里详述了自己对作家至死不渝的爱情,并且告知作家,自己与作家的爱情结晶——那个孩子刚刚去世,自己也将不久于人世:

> 相信我的话吧,一个母亲,在她唯一的亡儿床边,是不说谎的。

我读的是老一辈女作家沉樱的译文。畅达有力,充满激情,虽然间或会读到早期白话文的一些字眼与痕迹,但一看就是创作般全身心投入的产物，与女主人公那份燃烧般的爱情恰相一致。

虽然有"陌生女子"的悬念与噱头，但毕竟在开头就剧透了整个故事与结局，所以，留给作家耗心发力的地方，也即小说的主体或重点，只能是对爱情发生过程的叙述了。

那么，这场爱情到底是怎么回事呢？它究竟是怎样发生的？

为了分析方便，就像信中所写的那样，我们用"我"表示陌生女子，用"你"表示那个作家。

2

"我"那时十三岁，就住在"你"现在所住的地方，两家的房子是对门（上来就透露了一个常识，爱情的发生，其实需要满足一定的空间条件）。

"我"父亲已经去世，与母亲相依为命。

对门本来住着一家"很可怕"的人，那家的男人喝醉了就打妻子，他们家的孩子在楼下玩的时候经常欺负"我"。后来，不知发生了什么，那家人搬走了。门口挂着"招租"的牌子（那家人有事也好没事也罢，都必须搬走，否则，作家怎么会搬进对门成为"我"的邻居呢）。

不久，门房就说，对门被一个作家租去了，并且说他是单身汉（必需的，拖家带口的话，哪会有后面的爱情故事呢)。

"我"于是第一次听说了"你"的名字。也就是说,在见到人之前,先知道了"你"的名字以及作家的名声。

没过几天,对门就开始装修了,负责的是"你"的管家与仆人老约翰,他一看就是"在大户人家做事的人",对"我"的母亲很有礼貌,对小小的"我"也很客气。他提到"你"的时候,就像在说自己的亲人或家人一样充满感情,"我"对他很有好感,同时"我"也有些嫉妒他,因为他有"常常看到你服侍你的特权"。

这属于叙事的隔山打牛法,为了写"你",先间接写写"你"的老管家。

然后,直接写了一下"我"对想象中的"你"的感受或印象:

> 从一开始,当我还是一个羞怯的小女孩时,你这人已经在我身上发生了无比的魔力。在我还未看见你之前,已先望见你头上的光圈了,你是被财富、荣誉和神秘包围着的人。生活圈子狭窄的人们,是特别想看新奇事物的;因此,我们这大楼内的人,是那么急切地在等待着你的搬来。

有一天放学回家,"我"看见家具堆满了楼梯口,大件木器已经搬进去了,那些人正在搬小物件:

我站在门口，一面观望一面赞赏，因为你的每一样东西，都和我一向所见的不同。那些印度偶像，意大利雕刻，还有大幅的色彩鲜明的画。最后运来的是书籍，如此可爱的书籍，多到超出我所能想象的数量。

"我"很想摸摸那些光滑的皮封面，因为"我"是一个非常爱看书的女孩（这一点也是必需的，如果是一个喜爱洋娃娃的女孩，估计对作家就不会那么崇敬那么好奇了）：

我整晚上在想着你，虽然我还没看见你。我只有十几本廉价书，放在破书架上。我爱它们胜过世上所有的一切，不停地读了又读。现在我纳闷着，这位有着这么多书，读了这么多书，懂得那么多语言，富有而又博学的人，是怎样一个人呢？这么多的书引起我的尊敬。我在心里想象着你的样子，想你一定是个戴着眼镜、留着白胡子的老人，像我们的地理老师那样；不过，也许比他和蔼点、文雅点。不知道是怎么一回事，既然把你想象为老人，却又认定很漂亮。就在这晚上，我第一次梦见了你。

借助书籍，写出了"我"对"你"的崇敬；把"你"想象成地理老师那样的老人,是为了让后面的见面产生欲扬先抑的效果;晚上就梦见了"你",我们不信也得信。

第二天你搬来了,虽然我在窥探着,但总没看到你的脸,这失败也就更燃起我的好奇。

人未到书先到,主角推迟露面,引而不发,制造悬念与张力,这是叙事的常规技巧了。目的就是为了主角的亮相铺好红地毯。

3

在第三天,我总算看到了!当发觉你和我那幼稚的心中想象的老祖父大不相同时,我是怎样地吃惊呀!我等着看的是位戴眼镜好脾气的老人,而到来的竟是个时间不曾在脸上留下痕迹的人。你穿着一身浅褐色服装,上楼的时候,带着少年人的轻快,两级一步地跳上去。你的帽子拿在手上,我很清楚地看见你那神采奕奕的面孔和年轻人的头发。你的英俊瘦削而又整洁的外表,把我惊吓住了。多奇怪,从第一眼,我就看出你将是个使我和其他那些人继续吃惊的人物。我看出你是双重人格合而为一的;你是个热情乐观、不思不想、爱好运动和冒险的人,同时又是个博学深思、富于责任敏感的人……我这个十三岁的女孩子竟被吸引着走进你的壳内，抓住了你生活的秘密，一眼便看出你那两种生活的截然划分。

对一个十三岁女孩的心理描写，无疑有些做作与勉强了。准确贴切的心理描写固然可以为后面的行为提供能量与推动力，而做作或夸张的描写则适得其反。这篇小说里有许多类似的心理描写，比如紧接着的这一段：

不用说，从此以后在我那狭隘的世界里，你成了唯一使我感兴趣的对象；我用那幼稚的忠诚，把自己的生活围绕着你。

这样的描写显然过了，过犹不及。

在以后的日子里，"我"密切注意着"你"的生活，包括"你"的朋友与客人，尤其关注那些女性客人：

那时我才十三岁，由于还未成熟，竟一点也没觉出自己这种窥视着你的生活的热烈好奇，已经是爱了。

这么快就说出了"爱"字，显得有些着急了。当叙述者强调自己的"未成熟"时，我们感到的却是太成熟了。

4

　　但我知道,是哪一天哪一刻,我清清楚楚地把整个心给了你中。那天,我和一个同学散步回来,站在楼下大门口闲谈。一辆汽车驶来,刚停住,你便从里面跳出来;你那昂首阔步敏捷的姿态,总是不停地吸引着我。看见你就要推门进来的时候,忽然一个冲动使我走上去为你打开了门。这样,我到了你的身边。你用一种兴奋亲切的眼光像爱抚似的把我望了一眼,同时微笑着,很斯文地,不,很诚意地说:"多谢,多谢!"

　　事情仅仅如此。但就从这一刻,你对我亲切温柔地一笑的这一刻,我便成为你的了。

　　即便"我"开门的冲动可以理解,"你"的目光也算真实,可由此导致的感觉"我便成为你的了"就未免太夸张了。一个女孩如此轻易许人,不是单亲家庭的孤独可以解释的,简直像是某种心理症候。再退一步说,我们即使接受这样的心理,也会觉得,这份"爱"有些一厢情愿,甚至有些廉价了。我们读到女孩的这些心理与意识,只觉得这孩子未免太缺爱了。

　　茨威格本人也意识到了这点,作了些解释性的"挽回"动作:

后来，自然是很久以后，我才知道你对接近的女人有种特别的眼神；那是一种抚爱，一种迷惑，一种立刻能进入人的心中，使人无法抗拒的天生魅力。你毫不自觉地这样望着那些为你服务的女性，但由于对异性的敏感，你的眼光一落到女人身上，便立刻充满柔情。在十三岁的年纪，我自然没想到这点，而只觉在火边似的温暖，并且相信这温柔是为我表示的。就在这一刻，这个半大孩子立刻觉醒为一个女人，一个在未来的时刻一直属于你的女人。

说实在的，茨威格对"你"的目光的描写与阐释，还是浅显直白了些，并不怎么微妙，至少不算太硬的干货。

当"我"那个同学看到我为"你"开门，脸上红成那样，就向"我"打听"你"是谁，"我"却不知为什么没跟她说实话，没有说出"你"的名字，而是本能地把这作为内心的秘密。这样的内心秘密，无疑与爱有关。

从那以后，我就爱起你来。我知道你是听惯了女人对你说她们爱你的话的，但我敢说，绝没有一个像我爱得这么彻底，这么厉害的，没有什么能和一个孩子的暗中热爱相比，这是无所希求无所企图，绝对的耐心绝对的深情。这是成熟的女人的贪婪之爱中所不能有的，只有孤独寂寞的孩子才会培养出这种感情。

对少女之爱的强调，似乎有些道理，但这道理太过简白，只能用来说服自己而不是别人。

为了增加说服力，增强女孩生命中萌发的爱情的可信度，茨威格作了一些补充叙述和交代。比如，"我"的父亲早逝了，母亲则为了艰难的生活而忙碌着，别的什么也不想，同学不是早熟就是愚蠢，对"我"认为神圣的崇高之情，她们常常表示着轻佻的态度：

结果，我和别人越来越疏远，整个的心都集中在你的身上，你变成了我的——用什么比喻才能恰当地说出我的感觉呢？你变成了我的生活的全部。除了与你有关的事，什么都像不存在；除了想到你的好恶，什么都像没有意义。你改变了我的一切。

"我"原来成绩平平，现在成了第一名。"我"一本又一本地读书，常读到深夜不睡，因为"我"知道"你"爱读书。"我"还开始练钢琴，因为"你"一定喜爱音乐。"我"裙子上有个补丁，怕被"你"看到，每次上楼总用书包遮住它（这个细节真实而硬核）。实际上，"你"几乎从未看过"我"一眼。

"我"经常在客厅等待"你"的脚步声,经常透过门上的小洞窥探"你":

> 我知道你的一切,像你的习惯,你爱用的领带,你的每一套衣服;不久,我记熟了你那些带来的客人,和哪些是我喜欢的,哪些是我不喜欢的,从十三岁到十六岁,我的每一小时都是你的,什么傻事我没有做过?我吻你触过的门柄,捡你丢弃的烟头;晚上不知找过多少借口,跑到街上看你哪一个房间亮着灯光,从那灯光我更清楚地感到你的存在。当你出门去的时候,我的生活成了空洞无聊,整天烦得要死,乱发脾气走来走去不知做什么才好……

三年左右时间,"我"的状态基本上停留在单恋或单相思,并没有什么实质性的进展和变化。有时候,"我"也觉得这一切都不过是一个女孩子的过分幻想,一些可笑的荒唐胡闹。但"我"并不觉得可羞,"因为我的爱情从来没有比这时更纯洁更深沉过"。

5

这个时候,有个鳏夫的亲戚,向"我"母亲求婚,母亲决定搬到那个亲戚所在的城市茵斯布拉去生活。这样的情节设计与变故，当然是为了把爱情叙事向前推进，因为关于单恋，能写的基本上都写了。

"我"得知这个消息的那一刻，眼前一片漆黑，后来才知道是晕过去了。一想到要离开"你"，"我的生命像被摔碎了似的"。

在临行前的最后一晚，"我"想向"你"求援，请"你"收留"我"做一个女仆，让"我"可以继续待在"你"身边。"我"鼓起勇气去按"你"的门铃，门铃响起的一刻，"那惊心动魄的响声，至今还像在"我"耳边。接着是一阵静默，静到好像心都不跳，血都不流了"。

但"你"却没有来开门，"你"一定出去了。那一晚，"我"一直在等候着，母亲去睡觉后，"我"就溜到客厅去听"你"回来的动静，天很寒冷，风从门下吹进来，腿在作痛，但"我"一直等着，怕睡着了会错过"你"的脚步声。

大概半夜两三点，"我"听见楼下开门的声音，寒冷的感觉一下子消失，全身像发烧一样，我准备冲出去见"你"，可"你"却不是一个人，而是和一位女人一起回来……

接下来，茨威格叙述了"我"在茵斯布拉的两年生活。无非是孤独、不快乐、不穿新衣服、不进戏院、不参加社交、绝望之苦，因为"我"只在想着"你"，"我的生活仍然是以你为中心"（为了具体表达这一点，茨威格又搬出了书这个道具）：

我买了你的全部著作,如果某一天报纸上出现了你的名字,这天便是我的好日子。你信不信?我读你的书,读到可以背诵……我的每一句话,对我都像是圣书,我的世界完全因你而存在。

"我"已经十八岁,随着年龄与身体的变化,"我"对"你"的爱也在变化:

走在街上的时候,年轻人都回头望我了;但他们的注视,只有使我愤怒。除你之外,要我去爱别的人,简直是不可想象的事;连对他们表示一点好感,都觉得是罪恶似的。我对你的深情,一直是那么坚定不移,但并非没有变化;随着身心的成熟,越来越热烈,终于成了一种女性的痴爱。当年那个无知的孩子和狂热的少女所不曾意识到的事,现在成了我一心一意的渴望,我渴望着能委身于你。

6

"我"渴望回到维也纳,回到"你"的身边。继父终于同意,让"我"到维也纳他的亲戚开设的服装店里去做一个店员。离开维也纳到茵斯布拉,然后又从茵斯布拉独自回到维也纳,就像把拳头先收回来再打出去,爱情的发生,已经遥遥在望了。

"我"回维也纳的第一件事,就是坐电车到那座房子去看"你":

> 一望到你的窗户,我的心便猛跳起来;这个本来觉得有点生疏无聊的城市,忽然变得生气勃勃,我自己也像又活过来了。现在,我又靠近了你——我无穷无尽地梦想着的你。在抬头仰望的我和你之间,只隔着一层薄薄闪光的玻璃了……那整个温暖微阴的晚上,我都站在你的窗下;一直站到里面的灯光熄灭了,才想到自己的住处。

这之后,一晚又一晚,"我"回到那房子前,希望能看到"你",碰到"你"。一星期后,"我"遇见了"你",但那一刻"我"又变回了那个十三岁的少女,把头低得不能再低,急急地从"你"的身边走了过去。事后又后悔得一塌糊涂。

过了很久,"你"都没有注意到"我",不知道"我"的存在。而"我"相反,经常可以看到"你",看到"你"与朋友一起,有时候是和女人结伴同行,手拉着手,话语亲密。"我"既嫉恨又羡慕。

最后,"你"总算注意到我了。可是"你"看我的眼神与表情,说明"你"并不认识"我"。从第一次见到"你"到现在,这么多年过去,对"你"而言,"我"一直就像不

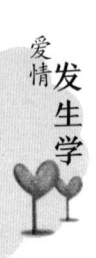

存在一样。

两天后,"我们"又在路上遇到：

你用一种想表示亲近的眼光望着我；但这并不是你认出了那位爱你很久的女孩,只是你还记得两天前在这同一地点遇见过的一个十八岁漂亮少女的面孔罢了。你的表情是一种友情的惊喜,唇边浮起了微笑……我在战栗着,狂喜着,渴望着你来同我说话。这是第一次我感到自己在你心中变成了活人……

"你"走过去后,又回过头招呼"我","我们"一同向前走着,然后"你"邀请"我"一同去吃晚饭。

我答应了。还有什么可拒绝的呢?

饭后,"我们"一起到了"你"的房间。"我"以处女之身,与"你""同宿了一夜"。在这个过程中,怕"你"多想或猜忌,"我"一直没有泄露内心的爱的秘密,直到"我"向"你"写信的现在,这个秘密始终只埋藏在"我"的内心深处。

为了表达这份与众不同的爱情的发生,茨威格叙述了"我"与"你"一起上楼的情景：

亲爱的,我敢说,你绝不能了解和你同上楼梯,对我具有怎样的意义,我是怎样地快乐到狂乱痛楚几乎透不过气来呀！我偶一回想起，还不能不热泪盈眶，虽然我的泪水已快流干。那房子里每一件东西都被我的感情浸渍过，每一件东西都象征着我的童年渴望。那扇门后，我站过多少次等你回来；那楼梯，我听过你多少上来的脚步声也是我第一次看见你的地方；那个门洞，我窥探过你的出出进进；那门口的垫子，我曾经在上面跪过；那开门的钥匙声响，曾经是我的信号；我的童年和它的感情，是在那几码之大的地方培育的，这里是我的整个生活——像暴风雨一般环绕着我的生活。现在一切如愿，我和你一同走着，我和你，走进你的，也是我们的房子里。

7

《一位陌生女子的来信》这个中篇，茨威格叙述了一场奇异的爱情，这场爱情，形式上是双人之恋，实质上却始终是单恋。而通过这封长信，茨威格无疑是想在形式与实质之间搭建一座桥梁。

为了写这篇随笔，这部小说我前前后后读了几遍，很遗憾的是，这位陌生女子的这份爱情，并没有怎么打动我。究其缘由，大概是因为推动这场爱情发生的那些心理描写与细节刻画，都有夸张的过度的甚至做作的地方，以至于让人觉得，女孩的爱情有如无源之水甚至无中生有，那些强烈的意识都不像是爱情而更像是幻想性的症候与疾病。

另外，这些心理描写与细节呈现，虽然强烈，虽然激昂，但却不够独创与精准。无论是情节推进还是细节刻画，都让人觉得在意料之中在预想之中，没有太多意外的陌生的惊喜与冲击。也许是这场爱情在内容上细节上的干货与硬货相对不足，顺时渐进按部就班的常规叙述就显得不够吸引人不够有张力，所以，茨威格才在作品的叙事方式上作了变通，构建了陌生女子临终写信的方式与回忆性视角。

在作品的叙事形式上，这部中篇与萨瓦托的《暗沟》多有相似之处。但无论从情节的曲折性和逻辑性上，还是细节的准确性和独创性上，《暗沟》都比《一位陌生女子的来信》要更胜一筹。在我的阅读感受中，是茨威格在牵引着甚至迫使着女孩子去爱那位作家，而《暗沟》中的男主与女主，却像磁铁一样被命运驱使着相互靠近并相爱。所以，在阅读《一位陌生女子的来信》时，我们并没有产生阅读《暗沟》时的那种情感震撼与心理激荡。

在文学上，"不说谎"是远远不够的。或者说，在文学上，精彩的谎言其实比平庸的真话更有价值。

在奥地利现代派文学的领军人物穆齐尔眼中，茨威格也许只是一名通俗作家，如果单从《一位陌生女子的来信》这样的小说来讲，这样的看法有一定的道理。整个故事由于缺乏那种真切又准确的心理推动，缺乏那种震撼而又致命的细节支撑，这个中篇读起来的确有点接近通俗爱情小说。

所以，在我看来，茨威格对伊拉斯谟、蒙田、西塞罗等伟人的激情书写，比如《人类群星闪耀时》《昨日的世界》等非虚构文本，也许比小说更能代表他的精神品格与文学高度。

自行车、纽扣与那绺刘海

1

《甜蜜蜜》之所以是爱情电影的经典,爱情的发生环节,其实是决定性的。

黎小军从大陆来到香港,遇到李翘之前,他已经有小婷了,两个人相恋已久,差不多已走到婚姻门口。

所以,发生在黎小军与李翘之间的这场爱情,不可以是邂逅与子偕臧,更不能是一见钟情的模式,如果那样的话,人设一定崩塌,爱情也不成其为爱情,而只是偷腥和出轨,黎小军也必将从爱情主角的光环中跌落为渣男一枚。

也就是说,这场爱情不可以是主动追求的产物,而只能是不期然或势必然的结果,至少,黎小军是无论如何不能主动向李翘发出爱的磁力线的。只有这样,才能够越过道德障碍与伦理困境,观众才可能接受这场爱情并被打动。

所以，这场爱情的发生，必须反其道而行之。编导们需要考虑与解决的叙事难题，不是如何让爱情发生，而是怎样让这场爱情不轻易地发生！也就是说，这场爱情既要让它发生，又要不让它发生，不发生的发生，就成了一个悖论，叙事上就有了难度，就需要用特别的方法与策略去解决。

从叙事学的角度，编导们需要运用的策略，就是形式主义理论所强调的延缓与阻滞。

所谓延缓策略，就是指不能让故事顺利地来到高潮，一段情感，必须好事多磨（多磨方成好事），必须曲径通幽，否则就一览无余没有回味。所以，作家在叙事过程中就得设计必要的阻力与障碍，让故事的发展一波三折，积聚足够的势能，延缓高潮的到来，到最后，才开闸放水般突然释放，造成震撼的艺术效果。

岩俊井二的《情书》，就是延缓叙事的成功案例。设若男藤井树对女藤井树那份青涩的情感，高中时就表白与暴露，这份恋情也就比较熟套不过尔尔。但《情书》采用了延缓策略，让这份情感一直秘而不宣，直到多年之后，男藤井树已经去世，女藤井树经历了那么多生活与波折，隔着生与死，才从小学妹们送来的那本《追忆似水年华》里，看到了那张夹在书里很多年的特殊的情书与画像，当初那份青涩的情感，才一下子惊雷般爆发，观众才会瞬间被打动，并潸然泪下。

2

黎小军与李翘初次相遇在麦当劳连锁店的柜台前。

黎小军一开始排在另一个队伍的最后，李翘新开了一个窗口，也许是大陆去的人不乏排队插队的经验，黎小军一下子冲到了新队列最前面。

两个人就这样面对了面，但绝无眉来眼去，没有任何邂逅的意思。我们可以想象，其时，两人都刚到香港，正在努力打工挣钱，生存的压力可想而知，这样的两个人，哪有闲心随便谈爱？怎么可能动不动一见钟情？再说，黎小军不还有他的小婷？

这场初次见面，这个叙事的起手式，不能有爱情的色彩影子，不能有任何情感互动，只是纯粹的营业员与顾客之间的一次交易，因此，就容易拍得平淡，拍得"没戏"。但《甜蜜蜜》的编导却利用两人的语言差异，把这场初见拍得风生水起，特别有戏，特别好看。

我们知道，"语言"（英语、粤语和普通话）是这部影片的关键词之一。它不仅是交流工具，也是地域与身份的标志。

先开口的是李翘。她用粤语问黎小军："吃什么？"

黎小军是北方人，虽然勉强听懂了，但回答时只能用普通话，他想模拟粤语："汉……汉堡包。"（黎小军想尽量用磕磕绊绊的粤语回答，所以，说得结结巴巴）。

李翘又问："还有呢？"

黎小军："可口可……可……"（"可"了半天，说不出粤语那个"乐"字）。

李翘见状，主动用粤语帮他说出了那个很难发音的"乐"。但她多问了一句："在这儿吃还是带走？"，当然还是粤语。

这下，黎小军完全听不懂彻底懵住了："啊……？"

李翘只好用普通话重复了一遍："在这儿吃，还是带走？"

黎小军如释重负如同被救一样："在这儿吃！"

黎小军付钱时掏出的竟然是一把硬币！李翘为了节省时间，伸手帮着挑拣，这个小动作绝非多余，而是想告诉观众，此刻的拮据的黎小军，哪里是女孩会轻易爱上的对象呢。

本来，付完钱端走食盘，交易结束，两人之间也就到此为止了。所以，这个时候，编导就要想一个办法，让两人之间继续有"关系"，墙上贴的那张招聘布告正是这样一个细节。

黎小军在离开柜台前，用手指了指那张招聘布告，结巴着，没法用粤语问李翘，李翘自然明白他的意思，她没时间解释，一边喊了声经理，一边赶紧为下一个顾客服务。

经理过来，问挪到了柜台边的黎小军："会说粤语吗？"

黎小军用手指比画着："一点点，一点点。"

经理："那英文呢？"

黎小军："这个么，有问题。"

经理:"那留个地址吧。"说完歪了下头顾自走了。

一般人遇到这种情况,也就知道没戏,经理让他留地址,只是较为婉转的拒绝方式。黎小军刚从大陆去,又是北方人,比较实在,他觉得既然经理让他留地址,就可能有希望。所以,吃完快餐,他并没有离开,而是坐在椅子上等经理。

过了用餐时间,顾客们都走了,李翘出来拖地搞卫生,黎小军还在那里等。

看见李翘,黎小军就把捏在手里那张写着地址的纸片递给她,李翘被他搞得愣了一下,还以为这男的要骚扰她什么的。黎小军赶紧说:"我找不到你们经理。"

李翘"哦"了一声,明白这个傻瓜还在为招聘的事等经理。她接过纸片塞进了屁股兜里,继续拖地。

李翘往前拖了几步,灵机一动,又倒退着拖了回去(倒拖这个细节是巧妙的艺术设计,生活中可没人倒着拖地),重新来到黎小军跟前,用粤语问他:"你是内地来的?"

黎小军:"对啊,你怎么知道?"(够傻的反问)

李翘:"一听便知啊,你的广东话说得这么差劲。"(粤语)

见黎小军没反应,李翘开始切入主题:"在香港啊,不会英文很麻烦的。"(粤语)

黎小军:"我知道啊,可是没办法啊。"

李翘:"你知不知道,在香港哪,有许多学校可以教人英文的。"(粤语)

见黎小军没听明白，李翘看着他，改用普通话重复了刚才的意思："在香港呢，有许多学校，专门教内地人学英文的。其实学英文一点都不难。"

黎小军一点也没看出李翘正在设套让他学英文，他听见李翘把普通话说得这么好，好奇地问："你是不是大陆出来的？"

李翘继续用普通话："我当然不是啦，你听我广东话就知道了。"

黎小军："可刚才你的普通话说得很好啊。"

这个时候，李翘说出了一句关于语言的很绝的话，给学生上课时，我半开玩笑地强调，要想出这样一句台词，编导们至少得抽掉两包烟。在《甜蜜蜜》这部电影里，语言不仅仅是语言，不仅是一种简单的交流工具，而是身份与地位的象征，是一种殖民化的体现（英文最高，广东话次之，普通话最低）。李翘说出的这句话，干脆得就像是一个真理："会说普通话的不一定是大陆人，不会讲广东话的，就一定是大陆人！"

说出了这句语言的真理后，李翘间不容发般紧跟了一句："要不要学英文？"

黎小军依然懵懂，压根儿没听出李翘的营销用意，他见李翘口袋里揣着的麦当劳食盘垫纸，抽了一张后说："这个能不能给我？"

李翘有些莫名其妙："你要？"

黎小军:"因为这个很漂亮,反面可以用来写信给家人。天津没有麦当劳。"

李翘:"那我拿点新的给你啊?"

黎小军:"谢谢。"

李翘去拿纸,顺便把屁股兜里那张纸片扔进了垃圾箱(这个细节稍不留意容易错过),她一边回到黎小军身边一边说:"照我看哪,你还是应该学好英文才行。"

黎小军:"学好英文能不能在麦当劳工作呢?"

李翘俯首对着黎小军的脸:"学好英文在什么地方工作都可以。"

黎小军:"可是我觉得在麦当劳工作很幸福啊你看……"(可不是么,比他风里来雨里去地骑车送宰杀的鸡好很多)

李翘:"先不要说那么多,学好英文再说。"

3

话音刚落,镜头已切到英语培训学校办公室的柜台,黎小军正在填表签字。

填完表,黎小军迟疑地说:"要交一百元报名费,可是我只有五十块钱。"

李翘从口袋里掏出一张银行卡:"有没有提款卡?你放在那个电脑里边呢,就会嘭一声飞出来的。"

黎小军跟着说了一遍那个拟声词:"嘭一声。"然后两眼放光地盯着李翘手中的银行卡,他从没见过银行卡,不知道世界上还有这种东西(这张卡可以测量那个时候资本主义香港与社会主义大陆之间的距离),他不由自主地伸手捏住了那张卡。

可是,李翘并没有把卡给他:"你没有,你真的没有?"她一直紧紧捏着卡,没有松过手(这个细节充分说明了李翘对黎小军不存在什么好感啊心动啊之类的东西,这纯粹是一次拿回扣的推销行为)。

李翘一边劝黎小军快点申请一张,一边使了点劲拿回卡放进自己口袋,对黎小军说:"我跟他们说一声,今天你先交五十块,过几天来上学时再付……五百块。"(报名费加培训费)

李翘帮黎小军到会计那里交钱,会计用粤语说:"你又占同胞的便宜。"李翘回:"什么同胞啊,大陆刚来的,讲国语的。"

交完钱,办好手续,李翘一边跟黎小军说:"五百块,很便宜的,有书送的。"一边就准备走。这时她身上的BP机忽然响了,她就掏出BP来看。黎小军看到BP机,眼睛都直了,因为那时候的大陆,一般人根本没有BP机,只有商人或特别有钱的人才有BP机。

黎小军又惊奇又敬佩地连声说:"BP机啊,BP机,BP机也有,你真行,你真行。"边说还边向李翘竖大拇指。

李翘看着黎小军大惊小怪的样子,脸上浮现的表情介于

嘲讽与可怜之间。

到这儿，两人之间仍然没有一丝爱情的影子。

4

本来，李翘把黎小军介绍到培训学校之后，两人之间就没有关系与交集，也就不会有后面的爱情发生了。编剧当然早就想到了这一点，并事先都安排好了：李翘特别能干也特别能吃苦，同时打了几份工，不仅在麦当劳当服务生，还在培训学校兼职搞保洁。所以，这两人还会相遇。

有一次培训班下课后，黎小军看到正在擦黑板的李翘，就上前打招呼："你好，"见李翘没什么反应，又说："我是黎小军哪。"

李翘"噢"了两声，擦完黑板就准备离开。黎小军见状就问了一声："你很赶时间吗？"李翘忙说："好赶好赶呢。"

"我有车，"黎小军不假思索地说，"我送你好不好？"

"你有车？"李翘也没多想，就对黎小军说，"那好，那我们赶紧走。"

下一个镜头，就是随着一阵清脆的自行车铃声，黎小军骑自行车带着李翘行驶在黄昏的马路上。

自行车这个错进错出的细节，是这场爱情发生的一个特别重要的砝码，属于妙手偶得的叙事绝招。对那个时代的大陆人来说，自行车当然算车，它不仅是交通工具，还是年轻人约会玩闹的工具，一辆好牌子的自行车绝对属于家里的大件，所以，黎小军脱口而出"我有车"的时候，并没有一丝说谎的意思。至于李翘，本应知晓，掏一把硬币买快餐、身上带的钱不足以交一百元报名费的内地打工青年，不可能真有车，也许是太赶时间，也许真的是没容多想，她就下意识地听信了黎小军，而当黎小军推出自行车的时候，她当然已经不好意思再拒绝，只好将错就错，坐上了自行车后座，尽管心里依然有一点上当的感觉。

李翘："你知不知道，在我们香港哪，这叫单车不叫车。"

在我们的影视剧里，见女主这么说，男主一般会争辩：在我们大陆呀，自行车就是车。这样的对话就特机械呆板，特无趣无聊。

骑在自行车上的黎小军是恢复了自信的黎小军，或者说是相对正常的黎小军，摆脱了那种初来乍到香港的怯懦与羞涩，握着车把的他，仿佛找回了记忆中骑车兜风的感觉：

"这种感觉，就很像在天津一样。"

这一句很正常，没有什么。但黎小军接着说出来的一句话，却大有来头不可小觑："你比我爱人重。"

我相信，如此精彩又如此自然的台词，编剧非得抽三包烟才能想出来。一个人坐在后座上，她的分量当然是能感觉出来的，黎小军说的是大实话，是那一刻的真实体验。但说者无意，听者可能会有心，对李翘来说，黎小军这句随口说出的话至少有两层含义：他感受到了我的身体与重量；他把我跟他的爱人比。况且，两个人骑在一辆自行车上那种同舟共济般的感觉，两人之间的距离几乎为零（许多学生都没看出李翘的左手放在什么地方，有的说是黎小军腰上，那显然太亲密了些；有人说是抓着车座，那又不太方便不太安全。实际上，李翘的左手绕过黎小军的腰部，抓住了他的左边口袋。那时候大陆青年穿的中山装，下面都有两个没盖的口袋，上面则有一个，用来插钢笔），这都或多或少会影响到李翘的心境。

所以，听到黎小军说"你比我爱人重"之后，我们看到李翘的脸上浮现出一抹不易察觉的羞涩的微笑，这是此前从没有过的。

我们可以进一步来想象一下这两个人骑在自行车上的感觉或心境，他们从大陆来陌生的香港，整天打工，挣扎于底层，几乎没有休闲，心情估计也没有轻松可言。而此时此刻，在傍晚的大街上，两人坐在熟稔的自行车上，微风吹拂着两个人的脸，拥有同样的速度与方向，他们一定体会到了一种轻松与愉悦，一种对忙碌繁重的异乡生活的暂时遗忘或摆脱，甚至会涌现一丝浪漫或诗意也未可知。

正是在这样一种情景下，李翘不由自主地唱起了邓丽君的《甜蜜蜜》。那个年代的年轻人谁不会唱《甜蜜蜜》呢？黎小军果然也马上加入了这歌唱。两个人一起唱着这首再熟悉不过的情歌，唱得几乎有些忘情有些陶醉。

两个人就这样沉浸在一种久违了的风一般轻松快乐的感

觉之中，虽然还谈不上爱，谈不上情，但相互间有好感是一定的。这样的亲近与好感，离爱情已经并非那么遥远了。

这个奠基性的桥段，最后以慢镜头结束，我们看到的是李翘两只小腿轻盈地前后摆动，节奏恰如太空漫步，透露的是难得的放松与身心的愉悦……

5

这之后，两人的联系与交往就更多了。

当然，爱情仍然尚未发生。

李翘为了多赚点钱好给家里盖房子，经常利用黎小军帮别人送肉鸡的工作，让他捎带鲜花给客户。看着黎小军越来越满载的自行车，你搞不清他到底是在送鲜花还是在送肉鸡。于是就有了这样有趣的对话：

黎小军："啊，一次比一次多呀！"

李翘："好啦好啦，我到时多给你油钱哪。"

黎小军："我单车不用汽油的。"

两人经常在一起吃快餐，当然都是黎小军请客。

下班后，李翘会带黎小军到录像店帮他挑选录像带，让他晚上观看消遣。

黎小军在李翘影响下，也办了一张银行卡。

一次查余额时，黎小军发现李翘的卡里有那么多钱，不禁发出惊叹："哦噢，你怎么这么多钱呢？你干脆教教我怎

赚钱……"

6

说到赚钱，电影就来到了卖磁带的桥段。

眼看就要过年了（1987年）。

李翘按照往常的经验，准备批发一批邓丽君的磁带与碟片在大年夜售卖。她还让黎小军也出资入伙，有钱一起赚。那些年，邓丽君实在是太火了。

当然，大年夜的磁带生意彻底搞砸了。

原因很简单又很意外，黎小军转述了他姑妈说过的话：正是因为大陆人都太喜欢邓丽君，他们在香港就不会买邓丽君的磁带，谁买别人就知道他是大陆来的了。这样的细节与道理，说明一个编剧除了要有想象与虚构能力，还要观察和研究现实生活，编剧绝不是闭门造车，更不是胡编乱造。

在交流生意为什么失败时，黎小军终于知道，李翘也是广东人，也是从大陆来的，她去年这个时候还在广东卖过磁带呢。

当然，跟学生讲课的时候，我强调了这次磁带生意其实必须搞砸，商场失意，情场才可能得意。设若磁带生意真像事先估计得那样红火赚钱，那个夜晚，两个人就忙着数钱分钱，而不会走向爱情了。

邓丽君，无疑是撬起这场爱情的阿基米德支点。两个人在自行车上唱着邓丽君的代表作《甜蜜蜜》消除距离变得亲近；现在，邓丽君又让他们生意泡汤从而生发爱情；再后面，爱情转折两人分手，为了让他们重归于好，编导再次想到了邓丽君，这次请出的是邓丽君本尊，两人开车在街边看到邓丽君，身边围着粉丝，于是停车签名，导致了那场大街上的吻戏；最后，为了让两人在美国重新相遇，编导们利用的是邓丽君去世的消息。我曾经开玩笑地说：为了他们俩这场爱情，邓丽君真算得上是鞠躬尽瘁死而后已！

7

让我们回到那个大年夜晚上。看编导如何让叙事步步为营层层推进，直到让爱情在两个人之间丝丝入扣般发生。

生意砸了，年还是得过。两个人从外面买了包好的馄饨，回到黎小军的住处一起煮着吃。相比于我们现在盛饭的小碗，他们俩装馄饨的瓷碗真是巨大。

吃馄饨的一个细节颇堪玩味。李翘可能因为生意砸了心情不好，也可能是女生的胃口本来就没多大，她捧着那么大的碗吃了一会就递给了黎小军："我吃不下了。"

黎小军想都没想二话没说，接过碗就继续吃李翘剩下的馄饨。这个细节看似无意或随意，也真实自然，男生胃口大，忙了大半个晚上肚子也确实饿了，馄饨又是好东西，接过去继续吃好像真的没有什么。但实际上，还是有深意在焉。

我自己有时候想这个问题，比如女儿小时候，她剩下的东西，我一般会接着吃，但随着她慢慢长大，就不怎么吃她剩的了，直到某一天，也许是初中或高中之后，我就再也不吃她的任何剩饭剩菜了。现在，这个世界上我只能吃一个人的剩饭，那就是爱人剩下的（连父母剩下的，我估计也不会吃了，毕竟跟他们分开生活太多年了）。所以，吃剩馄饨这个细节，说明了两人之间距离的完全消弭。如果说自行车细节取消了他们俩身体的距离，那么，吃馄饨的细节则取消了他们俩心理的距离。

吃完馄饨，两人一起在水池洗碗。

李翘把洗好的碗递给黎小军，黎小军就顺手用毛巾帮她擦擦干，然后低声说："你的手很凉。"

我相信，黎小军说这句话是无意的，他可能触碰到了李翘的手，感觉到那手指的确有些凉。但李翘的感受可能会有些不一样，两人的手指的触碰，对方用毛巾包住自己双手轻擦的温柔动作，一定会让她产生异样感与羞怯感。所以她告诉黎小军："我想回去了。"

本来，在正常情况下，洗完碗，两个人可以再聊一会，再相互安慰一下什么的。李翘却忽然提出要走，这当然反映了她心理上的微妙变化。

而黎小军不是情场老手，虽然她与小婷已经恋爱多年，但那时大陆的爱情多么传统保守啊，男女青年最多拉拉手，连"爱"字都不好意思说出口，黎小军又是那么内敛羞涩的个性，调情之类可能完全不会，至少不太擅长。听李翘说要走，虽然心里会有不舍，但却没有劝她多待一会。他只是让李翘把外套穿上，因为外面很冷。

8

接下来，就到了扭纽扣的关键细节。

可能是天冷手指不够灵活，李翘穿自己外套时，扭纽扣比较费劲迟缓。黎小军就伸手帮她一起扭。

李翘虽然不好意思，但也没有拒绝，她只是有意识地往后挺着身，免得黎小军的手碰到她胸口。

好不容易扭好了纽扣，李翘正要走，黎小军又说，外面太冷，再穿一件。

是黎小军扭纽扣扭上了瘾，或他想用这个办法多挽留李翘一会？我自己不这么看，我还是倾向于天气的确太冷，黎小军是个实诚人，他怕李翘的外套不够厚不够暖，就劝她再把他的外套穿上。

李翘穿上后说了一句："好丑。"

然后又是扭纽扣。

问题是，纽扣总是要扭完的，那爱情怎样发生？那层窗户纸又如何捅破？

一般的编导，可能让他们扭着扭着就抱在一起了，这样当然也未尝不可，毕竟前面已有许多铺垫。但肯定不够自然

不是最好，还是显得主动了些着急了些，不够水到渠成，不够自然而然，不够恰到好处妙至毫巅。

好像还缺少最后的推动，或者说，还缺那临门一脚！

编导们不知费了多少心血和功夫，至少得抽五包烟吧，最后才想出了那绺刘海的细节！

黎小军正扭着第二件外套的纽扣，李翘的一绺刘海垂了下来，发梢碰到了他的眼睛，他本能地往后让了让。

李翘知道自己的刘海影响了黎小军，她伸手把刘海捋了上去。

但那绺刘海又垂落下来。

这时候，黎小军伸出了自己的手，就那么轻轻地，将那绺刘海，往李翘的耳边捋上去。

这是个致命的动作与细节！且不说它那轻柔与体贴，且不说前面已然累积了那么多爱的势能，此时此刻，两个人离得那么近，近到能听到对方的呼吸与心跳，能闻到对方的气息与味道，两个孤独的失意的男女那天晚上又那么需要相互安慰，这一切的一切，终于让李翘把持不住，她顺其自然地把自己的头靠在了黎小军的胸口上。

两个人拥抱接吻。

我们看到，好不容易穿上的两件外套，三下五除二就脱了下来。

我曾经跟学生开玩笑，一般的爱情发生，就是脱衣服上床，但《甜蜜蜜》这两个人，爱情的发生，靠的却是穿衣服。

可以用一句话总结这场爱的最后的发生：先艰难地穿衣服，然后飞快地脱衣服。前面穿得有多费劲，后面脱得就有多迅速。

这是我看到过的最有创意最为独特的爱情的发生，而且那么自然而然，那么水到渠成，那么不可避免无可争议，超越了世俗的模式，逸出了渣男的推定。也就是说，发生在黎小军与李翘之间的，不是出轨，不是偷腥，而是爱情。

录音会痛吗

1

许多小说与电影,为了让男女主人公发生爱情坠入爱河,只能额外设计一些场景利用一些道具,这些场面与道具,脱离了男女主人公原有的生活,逸出了他们的职业范围,一看就是为了爱情的发生而特意想象虚构出来的。

《海上钢琴师》完全不是这样。

2

这部电影是一个钢琴天才的传奇。对于一个艺术家而言,他的传奇生涯,当然少不了爱情。

一个在船上出生长大从未下船的人,一个身边只有锅炉工与乐队男同事的单身青年,一个活着就是弹琴,从未置身于我们所熟悉的日常生活，没有机会接触女性的人，他的爱情到底应该怎么发生呢？

《海上钢琴师》没有设计常见的邂逅，比如像《泰坦尼克号》那样，也没有让乐队来一个女提琴手，因为在二十世纪初的游轮上，那不是事实。

编导们想出来的，是近取诸身顺水推舟般的情节：录音。

3

在那之前，1900刚刚与自称爵士之王的黑人钢琴家PK过钢琴，他越来越声名远播，许多音乐公司都听闻这个钢琴天才，一心想请他去录音，唱片可以大卖大赚。可他从不下船，这次当然也不例外。

就有一家音乐公司搬来笨重的设备，上船来请1900录音。

必须强调的是，录音这个细节，不是编导专为爱情的发生特意或刻意添加和设计的，从叙事逻辑上讲，它是前面钢琴PK情节后的自然延续。当然，这次录音的结果即那张唱片，在电影的开头，为整个传奇故事的讲述与回忆提供了切入点。录音时所弹的音乐，就是莫里康内谱曲的《playing love》，它是电影的主题音乐。当然，录音细节也导致了1900一生唯一的爱情。所以，对整部影片来说，这是一个一举多得的灵魂细节。

4

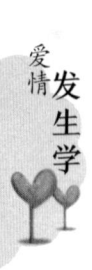

世纪之初，录音技术还是刚发明的新兴事物。

1900 对此不明就里，他对录音这件事并不感兴趣，就像他对钢琴 PK 不感兴趣一样。对他而言，音乐是纯粹的心灵的产物，与世俗与功利没有关系。

一向幽默的他，在录音开始前问了工作人员一个非常搞笑的问题：

"录音会痛吗？"

1900 先试着弹了几个旋律，有些干巴，甚至有些敷衍。

直到那个女孩的脸出现在圆形的舷窗上。

这个女孩好像是上帝派来的，仿佛是命中注定要出现在 1900 面前。那张脸上的神情是那么单纯美好，眼睛是那么清澈无比，真的像天使来到了人间。她早晨起来，可能刚刚洗漱，路过这个舷窗时，把它当成了一面检查妆容的镜子，由于特殊的反射作用与光学效果，她看不到里边，而里边正在录音的 1900 却看得清她。这面舷窗，有点像审讯室装的单向可视玻璃。

1900 看得入迷，眼睛发直，整个人仿佛被爱神点化了一样。

那一刻，必须感谢上帝既创造了男人，又创造了女人，既创造了 1900，又创造了舷窗前那个女孩。

这哪是一见钟情，这分明是天赐与神遇。

那一刻，1900如有神助，他把内心的爱与痴情，全部融化和揉入即兴弹出的旋律，于是，我们听到了无限虔诚无限温柔无限深情的《playing love》。

爱的磁力从1900的灵魂涌出。

倏忽间，仿佛上帝眨了一眨眼，不需要时间，不需要铺垫，爱情，已然发生了。

这是真正的爱的讴歌，是这个世界上最深情最感人的旋律。

我曾经跟学生说，在这个物质的功利的时代，我们变得越来越冷漠无情，我们全都武装着盔甲一样，每个人都有一副铁石心肠，我们已经忘记了爱与感动，甚至忘记了自己是谁。为了找回自己，你不妨在一个夜深人静的时候，独自用耳机听一下《playing love》，你会忽然发现，自己的心居然还是软的，还没有完全变成石头，而自己的眼眶，也并没有干枯，还会淌出感动的泪水。

5

从电影的声画配合的角度，录音这个看似简单的细节，凝聚着体现着编导的艺术用心。

当1900看到那女孩出现在舷窗，他的双手开始弹出爱的旋律，他的眼睛一动不动地凝视着女孩的脸，那个女孩好像也在看着他，好像在用清澈的目光回应他的凝视。而当女孩从舷窗慢慢移开消失，音乐的旋律也跟着降低和消失，不一会，那女孩重新出现在左边的另一面舷窗上，爱的旋律再度像潮水般响起。

1900的朋友麦克斯显然看见了这个细节，他从优美无比的旋律，从1900脸上从未有过的神情中，发现了爱情的秘密。所以，他的脸上浮现出一丝旁观者清的赞许的微笑。

我们也可以从叙事的节奏与技巧上来考量，把1900弹出的这段爱的旋律，与前面钢琴PK时弹的旋律做一个比较。在钢琴PK时，为了显现1900的杰出天才，编导们让他弹奏了一段暴风骤雨雷鸣电闪般的旋律，两只手弹出了一个交响乐队的音乐密度与强度，在琴键上迅疾翻飞的两只手叠影成了十只手。那么到了紧接着的录音桥段，当然也要显现1900的钢琴造诣与天赋，到底应该安排1900弹奏什么旋律呢？从艺术创作角度，从编导的角度，这其实是个难题。显然，重弹迅疾快速的旋律，重新来一段音乐的风暴是不行的，因为艺术的叙述不允许单纯的重复。根据艺术修辞的轻与重原理，如果前面有一段重量级的旋律风暴，后面反而需要配合以轻盈的缓慢深情的旋律。在音乐里，在叙述中，轻往往比重更有艺术魅力，更能切入并抓住我们的内心。雷鸣电闪的旋律更多地作用于我们的耳朵，而轻盈深情的旋律，就像润物细无声的春雨，会直接涌进并湿润我们的内心。

6

毫无疑问，无论从叙事的切入、声画的配合与轻重的原理等角度，还是从爱情发生的角度，录音这场戏，都堪称钻石级别的电影桥段，值得我们好好琢磨与欣赏。

回到 1900 的爱情。

录音之后，1900 已然堕入爱情。

那天晚上，他到三等底舱去寻找那个女孩，到处是上下铺，光线又那么暗，但有爱的指引，1900 还是在一个上铺找到了女孩。

女孩已经睡着。

1900 就那样站在床边，就那样细细端详了一会，然后，偷偷地，轻轻地，在女孩的额上印了一个吻。

第二天早上，游轮靠岸，那个女孩随着潮水般的人流下舷梯，1900 拼命挤过去，想把那张录音底盘送给女孩作纪念，可是没有成功。女孩喊着告诉他，她在哪个城市哪条街道多少门牌号码。

两人从此生死永隔。

也就是说，1900 这个传奇人物的爱情叙事，实质性的东西只有两个，一个是录音的结果《playing love》；另一个就是那晚的单方面的轻吻。

就这么多，没有其他了，没有更多了。

如果换成好莱坞导演，估计怎么也得虚构一些情节，设计一个空间，让两个人在那天晚上滚一下床单什么的。但在托纳多雷的电影里，什么都没有。

这当然不是托纳多雷没有想象力。

我想，对托纳多雷来说，像1900这样的艺术天才，他的爱情当然应该与众不同卓尔不群，根本不需要那些尘俗的情节，不需要肉体的性爱与多余的动作。你能想象一个天使的性爱吗？

在艺术表达上，在爱情叙事中，情况往往如此：少就是多，少才是多。

唯其如此，1900生命里的爱情才格外纯粹，格外动人。

当然，为了证明1900生命里的爱情之深邃之震撼，托纳多雷随后就想象并设计了下舷梯的情节：1900有生以来从没下过船，也从没想下去，可是，为了那个女孩，为了心中魂中的那份爱情，破天荒第一次，决定下船！

当然，1900只走了一半舷梯，最终并没有下船。

无论是爱情召唤的这一次，还是最后麦克斯劝说的那一次，1900都没有下船。关于为什么不下船，1900有一长段独白，关于八十八个琴键，关于有限与无限，关于世俗与艺术，当然都挺有说服力。对此，很多观众也都纷纷提出了自己的理解与设想。

我在这儿可以作一个小小的补充。对1900来说，这艘船可不仅仅是一艘船，它是人的故乡，它是艺术的避难所，当然还远不止如此。由于1900生来就是个孤儿，由于艺术天才都是长不大的孩子,所以,对他来说,这艘船还是母亲的怀抱!另外,参照海德格尔的存在学说,这艘船就是1900的世界,他的存在本身,就意味着与这艘船这个空间这个世界的同在。离开了这艘船,他就不是他,他就不复存在。

回到1900被爱情召唤而走下半段舷梯,我觉得那绝不是吊人胃口的半途而废或不了了之。

为了证明爱情的力量,这半段舷梯他必须走。

但他绝不能走完整段舷梯,不能真的下船上岸!

当你为1900没有下船而感到遗憾,为1900没有去找那个女孩而感到惋惜时,你有没有想过,如果真的下了船,上了岸,又究竟会发生什么?等着1900的又是什么?

结果其实可想而知:1900携带着心中的爱情上了岸,必然走向婚姻,走向家庭,走向世俗人生。而这当然不是一个艺术天才的理想终局。

也就是说,为了让1900生命中的爱情始终纯粹,为了让一个艺术天才最终活成一部传奇,他无论如何不能下船。

而他的爱情,只能有发生,不能有完成。

绝无仅有的情诗

1

电影《西伯利亚理发师》为我们演绎了一场震撼人心的爱情传奇与悲剧。这场爱情的发生，也势必与众不同。

为此，编导构想了一首绝无仅有的情诗。

2

男主人公与女主人公相遇在一辆开往莫斯科的列车上。安娜·卡列尼娜当年就是坐这趟火车时遇到伏伦斯基，并坠入那场举世闻名的爱情悲剧。

男主是莫斯科军事学院的年轻军官。

而女主则从美国远道而来，看望她的机械师干爹，正是这个疯狂的干爹，想在莫斯科研发一部砍树的机器，这部机器就叫西伯利亚理发师。

列车快到莫斯科的时候，在近郊一个小站停住了，恰巧在那儿拉练的男主与学院的同学们一哄而上，准备搭这辆列车回城。男主与另外几个同学误打误撞地进了女主的包间。

男主还把女主的一把羽毛扇坐坏了。

当包间只剩男主与女主两人的时候，他们一边吃面包圈（挂在男主脖子上），一边喝香槟（女主从美国带来），并互相介绍自报家门。

女主叫珍，男主叫托尔斯泰。

而女主拿在手上读的书正好是《安娜·卡列尼娜》！

男主离开之前答应，等他回城修好扇子后再送还给女主。

3

到莫斯科不久，女主就以找男主为借口来到了军事学院，但她却走进了校长拉德洛夫将军办公室。

原来，她之所以不远万里从美国来到莫斯科，是因为干爹研制西伯利亚理发师的资金链断了，需要她为之公关说项。而拉德洛夫将军刚好就是资金委员会的重要成员。

一来二去，将军就以为女主爱上了他。

这期间，男主与女主当然也见过几次，但两人间在爱情方面却没有明显的进展。

4

那天,坐在马车上的校长,在街上遇到男主,校长就让男主也上马车,并交给男主一个任务,校长等会要去相亲,男主英语好,校长想让男主用英语帮他念一首求婚的情诗。

马车停下,男主看门牌就知道,校长求婚的对象,正是他暗恋着的女主。

5

女主看到跟校长一起进来的男主,又尴尬又吃惊。

求婚的场面非常有戏剧性,校长不仅带来了祖父祖母父亲母亲的照片,还带来了钢琴琴谱,他要一边弹琴,一边让男主帮她念情诗。

这首情诗显然是从哪本诗选中七拼八凑出来的玩意,大意是戎马生涯的校长为了自己的幸福向女主表达爱意并求婚。

情诗念到一半,风云突变,男主忽然暗度陈仓移花接木,接着往下念的,已经是他自己的即兴的情诗,什么自从在火车上相遇,就再也不能忘怀之类。

校长越听越不对劲,越听越蒙圈。

男主勇敢的行为和这首绝无仅有的情诗,显然打动了女主。当然,干爹的资金问题又变得悬而未决了。

6

将军很快就对男主采取了严厉的报复。

男主郁闷极了,甚至想到了自杀。

女主得知情况后,就赶到男主家里来安慰他。实际上,她是来表达自己对男主的爱的。

爱情,就这样发生了。

毫无疑问,那半首情诗,正是触发这场爱情的关键。

空前绝后的情诗背后,其实是男主为了爱情不顾一切豁出去的勇敢,这份勇敢,为他赢得了爱情,也是这份勇敢,最终导致了一场震撼人心的悲剧:

男主为了爱情,为了人格的尊严,宁为玉碎不为瓦全,鞭打校长,流放西伯利亚,把自己的锦绣前程与全部人生都豁了出去。

也许,这个世界上,只有爱情,唯有爱情,才能让一个人这么不顾一切地豁出去。

这个悲剧,反过来证明了爱情的奇迹般的力量,以及它对生命的至深而又致命的影响。

春夜里发生了什么

1

《春夜》是 2019 年新播的一部韩剧。

韩剧大多是关于爱情的,这部电视剧也不例外。

我们为什么总是喜爱韩剧,是因为爱情主题吗?是因为精彩的剧情?是因为演员英俊漂亮吗?

在思考这些问题之前,我们还是先来看一看,《春夜》里的这场爱情,它到底是怎么发生的。

2

女主人公李静仁与男主人公俞智浩的相遇,其实是个巧合的俗套。

编导们之所以不忌惮这样的巧合,不担心这样的俗套,也许是因为在这场爱情的发生与展开部,藏掖着拿人的干货与精彩的细节,足以吸引观众征服观众。

却说李静仁那天晚上待在同事兼朋友英珠家,两个人喝了很多酒。

第二天早上闹钟响起,李静仁着急忙慌地离开英珠家,头昏脑涨地赶去上班,在人行道上边跑边等出租车。她看到不远处的街角刚好有个连锁小药店,就趸了进去,想买点醒酒药。出现在她面前的药剂师,正是俞智浩。

李静仁拿到液体醒酒药,当场就打开喝了。不巧的是,她准备付六千元药费时,尴尬地发现自己的钱包拉在英珠家了。她向俞智浩解释,她的真诚全都写在脸上,俞智浩当然相信她,让她先走,以后再说。李静仁为了让他放心,想把手机号留给他,俞智浩就把自己的手机号报给了她。

李静仁匆匆离开药店,站在街边继续打的。俞智浩离开药店,走到李静仁身旁,把手里的零钱递给了她。这是给李静仁打的用的,俞智浩一看就是一个心细的男孩。当然,也英俊温柔。

李静仁过后曾向俞智浩发过短信,让他把银行卡号发给她,她可以把药费打给他。俞智浩没有回这个短信。

那天下班,李静仁的男友纪硕开车接她。路上两人拌嘴,闹得不太愉快。让人觉得,这两个人虽相恋已久,恋爱的曲线已然下降,两人在个性上也不算太和谐。

这就为李静仁的移情别恋埋下了可能性伏笔。

3

李静仁隔日再去药店,专门去还钱。

俞智浩却提议用这钱请李静仁吃饭。

李静仁拒绝了,她说,她不能跟一个刚见过一次面的人吃饭。

李静仁问俞智浩,为什么不发给他银行卡号?

俞智浩的回答是:

"想再见你一次。"

4

当天晚上,下着春雪。

李静仁又一次来到英珠家,两人叫了外卖。

就在李静仁开门去等外卖的当儿,在楼梯口遇到了俞智浩。李静仁大吃一惊,以为他在跟踪她,非常生气,凶巴巴地对他说:

"要我报警吗?"

俞智浩并没有多说什么,而是沿着楼梯继续往上走,李静仁眼看他打开并走进了英珠楼上的那个房间,并轻轻地带上了房门。

原来俞智浩就住在英珠的楼上。当然,这个细节一点也不生硬和巧合,因为他上班的药店就在不远处的街角,在附近租房既合情合理又自然而然。

李静仁知道自己不仅误解了俞智浩，甚至污辱伤害了他。心里很是内疚。所以，拿到外卖回房间后，她偷偷给楼上的俞智浩发了一则道歉的短信。

李静仁和英珠吃完外卖，又聊了一会，然后英珠送李静仁下楼坐出租车，李静仁在带上车门之际，透过漫天飞舞的雪花，本能地抬头朝楼上瞧了一眼，她看到俞智浩正好在窗口看着她！

车刚起动，她就收到了俞智浩的短信：

下雪天，路上小心哦。

我们看到绽放在李静仁脸上的羞涩或甜蜜的微笑。

在这个春天的夜晚，在雪花飞舞之际，这两个年青男女，他们向对方发出的不是手机短信，而是爱的磁力线。

这个桥段，就像火箭的助推器，对这场爱情的发生无疑是决定性的。剧情的设计巧妙而自然，超越了观众的想象，体现了编导的叙事功力。为了拉近两人间的距离，编导先让他们在楼梯口产生误会，甚至让李静仁说出那么难听的话来，效果就像拳头打出去之前先收回来，等李静仁后悔与内疚之后，再发短信道歉，一下子就打消了两人间的误会与隔阂，让两颗敏感的心几乎贴在了一起。

这样的剧情，要比开头那个药店巧遇的梗好很多。

也许，这就是电视剧为什么叫《春夜》而不叫《春日》的原因。我这样说，并不完全是开玩笑。

5

当然，为了让剧情不那么平铺直叙竹筒子倒豆，编导们还设计了别的梗。

比如俞智浩有一个儿子，后面我们知道，那儿子是俞智浩读大学时交的女友所生，这个女友非常奇葩，特别喜欢玩失踪游戏，消失很长时间后，突然回到俞智浩身边，已经怀孕八个月，生完孩子，又莫名其妙地再次失踪。

比如，纪硕的父亲是财团的理事长，他希望儿子与张议员的女儿结婚，而不是跟久恋未果的李静仁结婚，因为李静仁的父亲只是财团下面一个学校的校长。反之，李静仁的父亲却特别希望李静仁与纪硕成婚。剧情就比较纠结。

再比如纪硕与俞智浩都喜欢打篮球，而且经常在一起比赛。

还有李静仁的姐姐是个主持人，正想要跟丈夫离婚；李静仁在法国留学的妹妹则忽然回国，住在了李静仁租住的房子里。

这些情节与人物必然会导致剧情的起伏与辗转。

但其实有了那个下雪的春夜，李静仁与俞智浩只会越走越近，而李静仁与纪硕则会渐行渐远，一场新的爱情已经呼之欲出。编导接下来要做的，无非是尽可能让这个过程多一些曲折和变化，多赚观众一些眼泪。

6

我其实已经很久没有追过韩剧了，这次之所以陪爱人一起看了《春夜》，其实倒不是因为故事有多精彩，剧情有多拿人，而是因为，这部电视剧非常靠近普通人的生活，非常接地气，而它所透露出来的爱情观与价值观，那么清新那么健全，让人产生一种久别重逢般的亲切感。

在我们自己的影视作品里，已经很难看到这么纯粹的爱情故事了。充斥我们荧屏的，不是老婆与小三的你死我活，就是董事长与女秘书的近水楼台，主人公们住别墅开豪车打高尔夫，一个个生活在盛世的云端，与老百姓没有一毛钱的关系。不论是女孩男孩，所持的价值观永远是水往低处流人往高处走，宁愿在宝马车上哭，不愿在自行车上笑。如果一个小商店的伙计胆敢去"非诚勿扰"，二十四盏灯，立马给你灭掉四十二盏，我们的爱情观已经被异化扭曲到什么程度。

假如是在我们的电视剧里，一个校长的漂亮女儿，一个与财团总理事长的儿子谈恋爱的女孩，打死也不会看上一个连锁药店的药剂师。说白了，俞智浩就是一个站柜台的营业员，而且还有一个拖油瓶的儿子，怎么可能呢？傻了吧你！

但人家韩国的电视剧里，却偏偏就有这样的女孩，她一点也不嫌贫爱富，一点也没有经济头脑，她心里只装着爱情，为了爱情她可以不顾一切。

所以，她不叫李静妃或李静丽，她叫李静仁。

求婚词

1

两个天上地下南辕北辙的男女之间会发生爱情吗？日剧《101次求婚》为我们提供了这方面的绝佳案例。我是最近才偶然遇见并看完这部电视剧的，二十世纪九十年代初刚播出时错过了它。隔着三十来年的时差，我依然被这部日剧深深吸引住了。

男主是个小公司的建筑工人，女主是个交响乐团的大提琴手；男主五短身材，宽脸阔嘴小眼，其形象与三寸丁谷树皮的武大郎有一拼，女主窈窕颀长，双瞳剪水，有古典美，一颦一笑皆是风韵；男主的个性虽则憨厚但却懦弱，畏缩而没有气势，脸上写着倒霉人生四个字，女主既端庄娴雅又落拓不羁，略带神经质，总带忧郁的笑，披云遮月的长发更彰显了她的艺术气质。

这两个人，就像参商不能相遇，恰如雀鸠不可同巢，任谁都不相信，他们之间会发生爱情，连任何交集都很难想象。他们俩甚至不符合美女与野兽的爱情范式，虽然女主足够美，男主却一点儿也不狂野。

电视剧片头男主看着画框里的女主，其实就隐喻着，两个人压根不在一个次元不在一个频道。

这样的角色组合与人设，本来最多能打造出一部搞笑爱情喜剧或闹剧，但《101次求婚》的编导们却打定主意要创造爱情奇迹，铁了心要发射一颗爱情卫星，让这两个人相恋相爱，化无为有，把不可能变为可能。最终，这部剧成了九十年代三大经典日剧之一，也被称为"纯爱三部曲"之一。

我们一起来看看，到底用什么样的复杂情节与精彩细节，靠什么样的巧梗和妙招，才能引发并推动这样的爱情发生呢？

2

又矮又丑的男主星野达郎（简称星野），与高挑英俊的弟弟纯平生活在一起，父母已经去世，所以，由他挣钱供弟弟读大学。这两兄弟形象反差之大，一定会让中国观众想起武大郎和武松。

由于自身条件太差，事业平平，几无所长，星野的婚姻道路崎岖坎坷，他已经求婚九十九次，皆铩羽而归，这其中，第一次求婚虽然被接受，但结婚那天，新娘落跑，婚礼告吹。所以，四十二岁的他依然孤身一人渴求脱单。电视剧开头，他在建筑工地办公室接到了第九十九次求婚的对方拒绝电话，人家女孩说一看到征婚的照片就没有兴趣了，还让他找面镜子照照自己看。无奈之下，他鼓起勇气，发起了第一百次求婚。

而三十有余的女主矢吹熏一看就是个有故事的人，她与单纯的妹妹千惠住在一起，姐妹俩的个性也截然不同，如果一个是月光那么另一个就是阳光。矢吹熏（简称矢吹、小熏或阿熏）由于爱情受挫，整个人看上去就像一片飘荡在风中的落叶，总是那么忧伤，偶尔绽放于嘴角的微笑，难以掩饰眼睛里的泪光。我们在镜头里看到的，是一个背着比人还高的大提琴，在东京的街道上踽踽独行的女子，风吹起她的长发，我们看到的是她脸上的孤单与落寞。即便如此，她仍是众星捧月般的求婚对象，比如爱好音乐总到后台献花的大款立花先生一直对她青睐有加，还有乐团同事小提琴手尚人也在追求矢吹，没事就赖在她家吃饭，还知道矢吹曾经深爱过一个人，他趁矢吹去冲凉，向妹妹千惠打听那个人的求婚誓言，说有一次听矢吹在喝多的时候讲起过求婚誓言还留在耳际云云。当千惠笑话他难道想用同样的誓言时，他说他愿意成为那个人的替代品。

母亲不忍看着矢吹一直这么忧伤孤独下去，就劝她去试试征婚，她自己可能也想让生活有所变化，所以，她就同意去征一次婚,她的征婚对象,正是星野。

3

在婚介所三男对三女隔桌见面时,星野琢磨着前两个女人,看到第三个矢吹时,他自言自语:

"一定不是这个,她跟我扯不上关系的,话说回来这世上也真是有好女人呢。"

镜头切到矢吹,矢吹在挑剔着前面两位男人,一位嫌他太注重打扮了,另一位看上去倒是温柔但像是有恋母情结,看到星野,心里也在想:

"不会是这个的。"

但偏偏就是这两个人配对。

两个人完全愣住了,星野好像在看一个仙女,而矢吹的眼睛好像在看一只外星动物。

纯平与千惠赶到现场来为自己的哥哥和姐姐助阵,看得同样眼睛发直难以置信。

星野把纯平拉到洗手间,一阵狂笑后,嚷着说要回去,纯平问他:"难道不喜欢她?"星野说:"真是因为太喜欢!我不知道这样的美女为什么会来征婚,她会不会是打扮成少女的同性恋?"(好想象,比怀疑诈婚之类好)

纯平鼓励星野对自己要有信心,还对着镜子里的丑八怪似的哥哥开玩笑说:"哥哥长得很有味道,只是味道浓了点。"

（是一句打磨出来的好台词，幽默有趣）

　　留在大厅里的姐妹俩则相视大笑。妹妹说听到星野达郎这个名字，还以为是个大帅哥呢！矢吹笑着调侃说："叫这样的名字的人通常是个好人。"千惠说到等会去吃螃蟹，然后嬉笑着说，一提到螃蟹就想到他。矢吹让妹妹别闹了。

　　看到兄弟俩从洗手间出来了，姐妹俩在椅子上重新坐好，兄弟俩也跟着落座。千惠说："两个男人黏一起真差劲"，纯平马上回了一句："两个女人黏一起也很差劲"。星野让纯平要有礼貌。

　　矢吹为掩饰尴尬就没话找话问星野："您是在建筑公司上班？"

　　星野连忙答道："是的，是在建筑公司上班。"

　　纯平马上补了一句："是的，建筑公司管理部的部长。"

　　矢吹故作惊讶地说："哦，是部长呀。"

　　接下来就是纯平问矢吹："熏小姐是干什么的？"

　　矢吹回答："拉大提琴。"

　　两兄弟同时发出惊叹声。

　　当星野比画着把大提琴形容为"像大葫芦似的"时，妹妹千惠又一次大笑不止，矢吹喊千惠的名字制止她。

　　过后，当矢吹问星野是否喜欢音乐时，星野在纯平提示下好不容易说出莫扎特与巴赫两个名字，自己说出的第三个音乐家已经是亨利八世！千惠听后又是哈哈大笑。

　　矢吹只好转换话题问道："我们还继续待在这儿吗？"

星野马上说请她一起吃饭，说这里有一家好饭店，是吃螃蟹的。千惠听到螃蟹两字顿时报以一阵狂笑（螃蟹这个梗用得够充分）。

星野不知就里，只好夸赞道："你妹妹真开朗。"

矢吹听完也跟着笑出了声，为了不失礼只好用手捂住嘴巴。

吃饭时还是笑声不断，尬聊着这么大年纪为什么不结婚之类的话题。矢吹问星野："喜欢什么样的女孩？"

星野回答："是呀，怎么说呢，我还是喜欢居家型女孩。"

矢吹乘机说："这怎么办，我一点也不是居家型的。家务活一点都不会干。"（说得倒也不是假话）

星野马上说："没关系的，我很爱干净。"

矢吹："料理我连荷包蛋都不会，蛋黄都会破掉。"

星野："没关系的，没关系的，我喜欢打蛋煮的东西。"（可以赞一下这个回答的谦让程度与包容程度）

矢吹："我最讨厌洗衣服了。"

星野："没关系，我很喜欢洗衣服，经常洗一些床单之类的。"说完兄弟俩还击掌模拟起了洗床单的声音。

这时，矢吹说："那既然这样的话，你就不需要娶太太了。"

矢吹为自己机智的调侃而调皮地得意了一下。

这个时候，星野却换掉刚才打闹逗趣的语气，极诚恳地自语似的说："是啊，我还是想找一个太太，就像喉咙里伸

出手来抓一样,想要娶个太太。"(这个比喻挺实诚,不花哨,完全是星野口吻)

矢吹听后莞尔一笑。

眼看尬聊难以为继,纯平就说我先走了。因为根据婚介规则,作陪的人要先离开,相亲双方还有一个单独对话摊牌的环节。千惠担心地问:"姐姐一个人没事吧?"

矢吹悄声回她:"如果看情况不对,我就溜之大吉。"

4

两个人站在街边路灯光下告别。

矢吹:"今天真是太感谢您了。"

星野:"不客气。"

矢吹问按惯例应该怎么回复,星野告诉她一般回去考虑两三天后回复。矢吹说要不要现在就说,星野赶紧说:"不用,不用,回去考虑一下再回复不迟。"矢吹说:"好的,对不起,我对这种事觉得麻烦,所以就会想尽快把它解决掉。"

星野听后一愣:"解决?"

矢吹反应过来,知道自己用词不当有些失言,忙着道歉。

星野连忙说:"没关系。事实上,我也有件事必须跟您道歉,我不是部长,只是一个组长,而且恐怕永远也升不上去了。我相亲也不是纯平说的那样是第二次,而是第一百次了。"

矢吹听了还是有些惊讶："一百次？"

星野："被拒绝了九十九次。从出生到现在就是这样，做什么事都不顺利。可是，就算是安排错误，能跟这么美丽的您认识，仍很感激。我自己也知道，我根本配不上您。"

听到这里，矢吹一直有些嬉笑的表情，忽然变得严肃起来，她看着星野的脸，用诚恳的语调对他说："你在说什么？一个大男人一直这么唠唠叨叨，尽说些没有志气的话。组长又怎么样，你工作没偷懒吧？"

星野回她："当然没有。"

矢吹接着说："你只是不懂得些要领罢了，人生又不是只有升迁这一件事，相亲被拒绝一百次又怎样？"

星野："是九十九次。"（神补）

矢吹："为什么不说是那些女生没有眼光呢？我们俩不相配是谁说的？"（她已经进入即兴演讲状态有些刹不住车了）

星野："大家都会这么想吧。"

矢吹继续演讲："谁说的，我们俩很相配也不一定。这个世界上有很多女生，并不是只注重外表的。"（这倒也是实话）

说完这些慷慨激昂的话，矢吹知道自己可能有些冲动甚至激动，说出去的话又像泼出的水收不回来，正尴尬着不知如何是好。星野接过了话头："谢谢您这么说。能被您这么说，是我人生中第一次。"

矢吹怕他误解得太深，赶紧往回拉："我并不是……"

星野当然也已经有点入戏了："我等您的电话。"

矢吹："我并没有那个意思。"

星野不想听她分辨："电话，我等您的电话。"说完就撒开脚步跑了，完全听不到矢吹在后面喊："等一下……"

5

之所以不厌其烦地复述两人的相亲场面，是因为这个桥段非常重要，是整个爱情叙事的奠基，也是角色的塑造与定型。无论对台词的设计，还是对演员表演的拿捏，都有很高的要求与难度，既要表现两人之间的悬殊落差毫不相配，又得为后面的故事留下一丝可能性空隙。

《101次求婚》是1991年的作品，现在回头看，也许是因为有当下的国产剧里那些又臭又长的台词作对比，我觉得这些台词非常精彩，既生活化又极生动，很有想象力，与人物的个性也极为吻合。

在演员的表演方面，星野的扮演者武田铁矢当然很好，把角色憨厚诚朴的个性表现得堪称惟妙惟肖；而纯平与千惠这两个配角的表演也很活泼很到位，而且这两个角色的设置，也为这部以爱情为主题的电视剧增加了兄弟手足之情与姐妹情深等温馨感人的内容与蕴含。

当然，最值得称赞与嘉许的是矢吹的扮演者浅野温子，她塑造的大提琴手，既有浓郁的艺术气质，又并非一味高冷不食人间烟火。面对星野这样一个几乎滑稽可笑的相亲对象，忍俊不禁的表情中既有逗趣与调皮，又不失礼数与修养，分寸把握得真是很棒。

矢吹在两人告别之际脱口而出的那一段话，本意是想安抚一下星野，既是一时冲动说漏了嘴，又未尝不是真实的心理波动，或是同情心在作祟。正是这段微妙精彩的台词，为后面的剧情设下了伏笔与引子。

这场相亲，为整个爱情故事拉开了序幕，欲知爱情究竟能否发生，怎样发生，且看后续剧情的一步步推动。

6

镜头先切到兄弟俩家。他们对相亲结果尤其为矢吹临分别时说的那句"我们俩也许很相配"，高兴得手舞足蹈，星野觉得自己一辈子倒霉，也该来点运气了，弟弟说矢吹那样文弱的女生，就应该有哥哥这样体魄强壮的丈夫。

镜头切换到姐妹俩家。她们则在一遍遍笑着学星野充满期待的那句话："打电话告诉我吧。"矢吹后悔自己不知不觉说了不该说的话，妹妹跟她开玩笑，让她答应嫁给星野。矢吹还怪母亲叫她去相亲，不过妹妹也指出，一向忧伤的姐姐很久没有这么大笑过了（挺有分量的小细节）。观众也已经见到，眼睛里总是含着泪水的矢吹笑起来灿若桃花多么好看。

镜头再切到矢吹的朋友小桃的乐器店内，矢吹跟小桃汇报相亲的事，顺便问小桃上次认识的男人怎么样，小桃说那男的有恋母倾向，还说长得好看的男的没有一个好东西，还说如果矢吹看不上星野，就把他介绍给她好了（明显在暗地里帮星野的忙）。矢吹说那怎么可以，意思是不能太不尊重人家，桃子就顺便开她玩笑："难不成你要答应他？"

镜头切到星野公司楼下，小同事打听他的相亲情况，并为星野高兴。他们在一楼大厅遇到接待小姐凉子，她大学毕业今年刚参加工作。因前不久与几个同学在纯平家聚会喝酒的事，她向星野表示对不起。这个角色对后面的叙事自有作用。这部电视剧里的场景较为简单，角色也不多，但每个角色都必不可少"人尽其用"，众多角色共同演绎这场爱情叙事，就像一部高效运转的精密仪器。

然后，镜头切到纯平与千惠的大学食堂，两人一边吃饭一边谈论着他们的哥哥姐姐相亲的前景。纯平受星野影响，表现得很是乐观，甚至说他与千惠有可能成为亲戚和兄妹，千惠当面泼了冷水。纯平问道："难道你姐姐要拒绝我哥？"千惠说："那是当然了，追我姐的人多了去了。何苦去嫁给看照片就一定会拒绝的人呢。而且她本来就没想过要相亲结婚，恐怕送上一百个亿这事也不能成。"纯平听了惊讶地喊了起来："你不要开玩笑，我大哥可是很认真的！"

纯平与千惠两个角色的设计，除了能推动爱情叙事，同时也非常充分地表现了兄弟姐妹间的深厚情感，特别感人，特别温馨。

镜头切到矢吹与乐团同事小提琴手尚人在酒吧里交谈

的身影。尚人显然也爱着矢吹,他让矢吹嫁给她,矢吹依旧说不可能。尚人说:"你既然可以去相亲,为什么不能嫁给我?"矢吹说:"我会拒绝的。"尚人知道矢吹还在想念因车祸去世的爱人真壁,还没有从那次伤痛中走出来,他还知道真壁当年对矢吹说过什么特别的求婚词(这是字幕所译,也许译为"求爱誓"更好),他说他虽然不会说那样的求婚词,但他会像真壁一样爱她的。矢吹没再听下去,起身跑进外面的雨幕里,尚人追上并抱住她,在雨水中吻矢吹,但矢吹没有任何回应。尚人只好作罢,眼巴巴地看着矢吹在东京的夜色和雨幕中远去。

摄影机仿佛代替尚人的目光,但却从相反的方向,拍摄雨中走来的逆光的矢吹,莫扎特的感伤的《离别曲》响起,荧幕上出现了虚焦处理的回忆中的婚礼场面:矢吹穿着婚纱,站在教堂门口台阶上等着新郎真壁,只见朋友小桃跑过来说,真壁先生路上出车祸了!镜头切回到现实的雨幕中,矢吹的身影在音乐声中继续向前,接着再次切回到虚焦的记忆镜头,矢吹跑到医院,满脸泪水地等在创救室门外,而手术台上的真壁的心电图眼看着变成了一条线……

以上情节和桥段,均等切分,节奏紧凑,一方面延续着相亲桥段,让爱情叙事维持必要的热度,另一方面,也透露了矢吹曾经遭遇到的爱情悲剧,特别提到了真壁的求婚词,这求婚词的信息非常重要,它是接下来推动爱情叙事的重要砝码!还有就是尚人这个角色的设计,后面会由一个求婚者,慢慢演变为矢吹的忠实的蓝粉知己,他除了也有推动那场爱情发生之作用,电视剧借助他顺便表现了异性的友情,丰富了情感主题,增加了作品的内涵层次。

7

第三天。星野家。兄弟俩还有纯平的学姐凉子一起等矢吹的相亲回复电话,矢吹还买了香槟酒准备庆祝一番,旁边的纯平怕哥哥接受不了拒绝的打击,已经在说一些给星野降温的话,比如说觉得矢吹不太适合哥哥,好让他有心理准备。星野开玩笑说弟弟在嫉妒哥哥。电话聆声响起,第一遍还是纯平的电话,打个没完,星野让他赶紧挂电话,并端着香槟威胁说要喷他。

第二个电话终于来了。等来的当然是回绝的电话,只是说辞还是挺客气,什么我配不上你之类,不至于让星野下不来台。星野听后一迭声地说没关系谢谢你晚安之类。旁边的凉子听电话还以为星野求婚成功,要恭喜他,星野还算平静,至少没有崩溃,还知道说句玩笑话:"觉得今晚还是日本酒比较合适我们。"(喝醉可以忘记痛苦)说完扶着门框差一点摔倒。

这边厢,千惠问姐姐是否想与尚人结婚?矢吹流着泪说她不会跟任何人结婚,因为她已经结婚了,她还爱着那个人,以后也会如此。然后是矢吹热泪盈眶的脸的特写。

问题来了,一个如此痴情,一个被拒绝得如此干脆,叙事该怎么继续?爱情还怎么发生?看这个剧时,我们一次又一次陷入这样的疑惑和担心,怕剧情难以为继,然而编导却见招拆招,有的是金点子,每次都能轻松化险为夷,而且步步为营扎扎实实地往前推进。

镜头一转,我们看到的是星野与千惠在一个茶馆见面。千惠先安慰了一下星野,星野一如既往地憨厚宽容,说自己都已经习惯了。千惠问星野是否打算放弃,星野说已经被这样拒绝,再纠缠就违反相亲规则了。千惠当着星野的面又说很久没看见姐姐笑得这么开心了,星野也表示能认识她姐姐这样美丽的女子已经很满足了,并让她向姐姐问好。看到星野如此诚恳仁厚,当然也是因为怕姐姐过于痴情,走不出过去的伤痛阴影,千惠就背着姐姐把真璧先生当时的求婚词告诉了星野,并说只要说出这句求婚词,就能挽回姐姐的心。

镜头切到音乐厅,尚人与矢吹两人坐在舞台上交流上次求婚的事,尚人表示自己不会放弃的。就在这时,星野冲了进来,吓了两个人一跳,矢吹说你还有什么事,我已经打电话回绝了啊。星野不吱声,尚人说要不要把他赶走,矢吹摇头让他先走一步。舞台上只剩矢吹时,星野大声地真诚之极地说出了那句像暗号似咒语的求婚词:

"我发誓,再过五十年,我依然会像现在这样爱你!"

话音刚落,矢吹果然像被魔法定住般呆住,一动不动,脑子里幻现的是真璧的身影与声音。主题音乐响起,泪痕满

面的矢吹转过身呆呆地看向星野，如看着不可能的奇迹。等星野也禁不住流泪，矢吹已经转为破涕为笑。

接下来，就有了矢吹送给星野一张音乐会招待票的细节。

欲知详情如何，且听下节分解。

8

好事多磨，多磨方成好事。《101次求婚》的编导深谙此道，他们给星野的爱情之路设计了差不多有九九八十一难。既可突出两人的落差之巨大，也可展现星野的痴情与执迷。

星野拿到音乐会招待票后，高兴得跟什么似的，在家里与纯平欢闹，还把票插在额头的饰带上，高唱着流行歌曲《最后的恋爱》。

殊不知，矢吹那边的情况，已在音乐会前发生一百八十度转弯，因为千惠在矢吹的逼问下承认，是她把求婚词告诉星野的，因为她担心姐姐，也觉得星野可怜。矢吹听说后自然很生千惠的气，也对星野的做法颇为反感，明明回绝了还要来纠缠，一点也不像原来想得那样诚实，还用这样的欺骗方式来攻击她的弱点，这让她很生气。

音乐会开始前，那个与其说爱好音乐还不如说爱慕矢吹的大款立花先生，捧着鲜花来为矢吹架势，并请矢吹演出结束后到他家的PARTY聚聚，矢吹答应了，还说可不可以带一个朋友去，立花说当然。

音乐会结束，星野捧着花束去找矢吹，矢吹直接把他带上出租车带到了立花家，当着那么多朋友的面，羞辱了他并再次明确拒绝了他。

星野带着弯曲蔫巴的花束回到家，纯平赶紧问他怎么样。星野有气无力地说："你还是问这些花吧。"（好台词，好细节）。

矢吹回家后，千惠就跟她解释，只告诉了星野求婚词，但并没有告诉他真璧的事。矢吹知道自己有些误解星野，在朋友家的行为做得有些过分，因此，有些内疚。

求婚词与音乐会的梗，虽然没有让爱情的发生取得明显的突破，但毕竟引发了矢吹的内疚，为接下来的剧情留下了缝隙。

这部电视剧的情节设计的复杂巧妙之处在于，它总是进三步退两步，充分显现了爱情之路的迂回与曲折。

9

被甩了两次的星野虽然非常沮丧痛苦，不思茶饭，但纯平企图安慰他的时候，星野却还是自言自语般地嘀咕着："像她这样好的女人，不可能再遇到了。"

看到如此痴迷的哥哥，纯平想再助他一臂之力。他当晚打电话给矢吹，想跟她谈谈，能不能再见他哥一面？第二天刚好是真璧三周年纪念，矢吹要到墓地奠祭，纯平就提出骑摩托带她去。

在真璧的墓碑前，矢吹向纯平讲述了真璧的事，婚礼那天早上睡过了头，骑摩托赶来时遇到车祸。纯平劝矢吹忘掉过去，重新去爱，矢吹不置可否，但答应再给星野打个电话，解释一下音乐会那晚的事情。

这边，千惠觉得是自己的行为导致了星野的痛苦，所以特地赶到工地找星野道歉，并鼓励他不要失去信心，建议他给矢吹写信。千惠问他写没写过情书？星野说："只写过一次，第二天早上被贴到黑板上了。"（好棒的台词）他说他也许一辈子不会结婚了。

那天晚上，矢吹打电话给星野，星野喜出望外得几乎受宠若惊。矢吹解释说自己演出刚结束时情绪有些紧绷，不够冷静，态度不好，很是失礼。星野一个劲地说没关系，是他的错什么的。矢吹说方便的话再见一次面，想当面好好向他道个歉。星野马上连声说："好的好的，我刚领到奖金，你想吃什么，说出来，我请客。"矢吹就在电话里和他约定，星期六在艾邱特酒吧。

旁边的千惠表示不解，既然两人没有可能，姐姐为什么还要与星野见面？矢吹说扫墓时见到纯平了，告诉她星野饭都吃不下，好像受到了很大的打击，所以想跟他见面具体解释一下，好好道个歉。

看到哥哥接完电话高兴得在墙上倒立，纯平还是提醒他，人家只是见面道个歉，别想得太多，别再抱着太大的希望。

但纯平怕哥哥绝望，没敢把真璧的事告诉哥哥。

艾邱特酒吧是以前矢吹与真璧常来的地方。星野提前了一个小时，矢吹来到后，他说："我从来没有想到等人的感觉可以这么幸福。"矢吹道完歉，问纯平有没有把那件事告诉他，星野不明就里。还以为自己又有希望了，向矢吹表示如果结婚的话，自己一定会努力让她幸福的。矢吹听着酒吧钢琴弹奏的《离别曲》，那是她与真璧爱听的乐曲，她听星野说着结婚什么的，人又变得恍惚，脑子里浮现真璧与自己在一起的身影以及婚礼的情形，脸上全是泪水。等星野提到《离别曲》真好听的时候，她转过身，重新整理了一下脸上的神情，想好了打消星野幻想的方法。

矢吹问星野奖金领了多少，星野报出了八十多万的数目，精确到元，矢吹建议："全部拿去赌一下马试试。"星野听后傻了，他从未赌过马，奖金还要还房贷，还要供弟弟读书，正支吾着，矢吹又故意说："跟这么不果断的男人交往也真是挺没趣的。"星野还在犹豫犯难之际，矢吹乘机说："好吧，那表示我们没有缘分。就这样吧。"站起来就走出了酒吧，星野看着矢吹的背影嚅嚅着说："赌一半情况会怎么样，赌一半……"

第二天演出结束后，矢吹正与尚人在舞台上聊昨晚的事，尚人夸赞用赌马拒绝的主意好，只见星野捏着两沓赌马票冲了进来，他把八十多万全花了，吓得矢吹赶紧拉着他到休息室去看电视直播。星野还说自己买的全是七号和一号，因为他跟矢吹第一次相亲是在七月一日。

当然,八十万打了水漂。

两人从休息室走到门外。星野对矢吹说:"其实我知道这是你拒绝我的方式。"矢吹说她没想到星野真的会去买。星野说了几句独白,大意是:由于生活经历和性格等原因,自己养成了放弃的习惯,所以第一次婚礼上新娘逃跑后也就没再作什么努力。自从上次相亲被她骂了之后,他也想尝试着作些改变,如果现在遇到新娘从婚礼逃跑的事,可能就不会轻易放弃了。矢吹抱歉让他花了这么多钱,星野表示没关系,还说:"虽然很愚蠢,但我已经很久没有心跳得这么快,感受到自己真的活着。"(这几句精彩,既化解了赌马失败的失意,又表现了爱情对一个人的改变与塑造、唤醒与刷新)

矢吹听后虽有触动,但还是跟他讲了真话:"今后也不可能会喜欢上你。自己没有结婚的打算。"

星野还是说:"这样也没关系。"

10

赌马的情节设计虽有一点勉强,有一些生硬与人为的痕迹,但对剧情的进一步发展与推进倒很是有效。小成本换来大的收益,也完全能够接受。与现如今电视剧里的许多狗血剧情相比,它最多只是个小瑕疵。

赌马之后,兄弟俩拮据得只能吃鱼干拌白饭。

星野虽则痛苦,却天天一个人往那个酒吧跑,希望自己能在酒吧邂逅矢吹。

剧情在这里宕开了一下。

这边插叙了星野将被早坂部长从组长提升为课长,而与兄弟俩走得很近的凉子小姐却在这时候偷偷告诉星野,早坂部长老是骚扰她,想让星野帮说一说,星野有些左右两难。因为帮了凉子,他的升迁肯定就泡汤了。

矢吹那边的情况也有些变化,乐团暂时没有演出,她就答应小桃,教乐器店招收的小孩们弹钢琴。其中有个叫裕太的男孩,父母正闹离婚,非常调皮,在后面的剧情中会还出现。

这样的宕开,使剧情不至于一直紧扣爱情主题不放,变得宽紧有度,而不是一个节奏一个根筋。

一天晚上,矢吹与尚人在艾邱特喝酒闲聊,稍后星野也带凉子来到酒吧,两人可能想商谈一下性骚扰的事怎么办。

矢吹与星野都显得有些不自然,有些小尴尬。矢吹以为星野又找了个女朋友,尚人知道星野就是与矢吹相亲的男人,乘机调侃她在吃醋;而星野也不知道尚人与矢吹是什么关系。尴尬归尴尬,离开酒吧的时候,双方好歹打了个招呼,这边矢吹介绍尚人是乐团同事,那边星野赶紧也介绍凉子是公司同事,是接待小姐。矢吹几乎没等星野说完就与尚人转身往外走,星野还想再解释一下:"我和她……性骚扰……",矢吹听后停住脚步惊讶地问了句:"什么,性骚扰?!"星野赶紧补充越描越黑:"是外遇的事……外遇。"矢吹没有掩饰自己的不高兴:"好吧,我比较迟钝,我好像看错你了,你不过也是个肮脏的中年男子。"

毕竟是相过亲的人,也不希望他太不像话不是么?

11

接下来是千惠的二十岁生日。

请小桃,也请了尚人,千惠还邀请了纯平。纯平就借机把哥哥也带来了。兄弟俩抱着个大包装的生日礼物来到矢吹家的时候,那三个人都呆住了

在其他人来到之前,矢吹与小桃千惠聊了聊头天晚上在酒吧遇到星野与女孩在一起的事。矢吹认为星野一无是处(有点挑剔的才是买家的意思),以后再也不会跟他有任何瓜葛了。

门铃响起,先进来的是星野纯平兄弟,矢吹大吃一惊,知道是千惠搞的鬼,拿眼瞪她,千惠却说,她的生日,想请谁是她的权力。见矢吹这么不高兴,抱着礼物盒的星野就往门口走,而这时,尚人刚好从门外进来,大家就一起回到了客厅。

席间,纯平讲了哥哥与凉子的事,矢吹知道自己又冤枉了星野一次。随后尚人指责星野相亲被拒后还纠缠,不符合规则,星野正想道歉,纯平见状马上站起来反驳:"如果被熏

小姐这样说的话情有可原，你是个第三者没有资格说这样的话。"尚人就说："我不是第三者。我向阿熏求过婚了。"小桃千惠张口做惊讶状，矢吹赶紧解释："可是我已经拒绝你了。"纯平就说尚人与他哥站在同一条起跑线上，尚人当然不爱听，说星野相亲了一百次之类的难听的话，矢吹想制止他，让他别过分。尚人终于发飙："我最讨厌这种把自己搞得可怜兮兮，去博取女人同情的卑鄙做法。"矢吹大声劝尚人"适可而止"，纯平一下站了起来，星野用手指向走廊对他喊："要上洗手间的话往那边！"但纯平已经伸手抓住尚人的衣领，两人怒目而视。等纯平松开手，尚人不满地对矢吹说："你到底是怎么回事？"，说完就离席而去。千惠追了出去，在门外院子里拉住他，尚人表示对她姐姐很失望，千惠也说"讨厌今天的尚人"。尚人从口袋掏出生日礼物塞到千惠手里，说了声"生日快乐"后就独自走了。从此之后，尚人就退居为矢吹的蓝颜知己。

　　矢吹为了表示歉意，把兄弟俩送到了公交站。趁纯平去买票，矢吹还为上次在酒吧说的难听的话道歉。她顺便问星野公司上司性骚扰的事情怎么样了，并夸赞说正直是他最大的优点，他能做一个正义的使者。

　　生日聚会这场群戏拍得非常精彩。这种七嘴八舌的混乱场面很难设计和拍摄，每个人的台词和表情，每个人的举手投足，都要吻合身份与个性。众声喧哗与主题氛围，对话的交叉与冲突，都需要考虑分寸与节奏，不能搞得像演讲一样做作，也不能搞得像政治学习那么沉闷。无论从什么角度看，这场生日聚会都称得上调度得当无可挑剔。

通过这次生日聚会，消除了以前的一些误解，让星野与矢吹又靠近了一步。

12

在回家的路上，星野就问纯平，做一个正义的使者与课长哪个重要？纯平问什么意思，星野忙说没事。弄得纯平丈二和尚摸不着头脑。

矢吹回家时，千惠怪她伤害了尚人，认为姐姐不能当着那么多人的面说拒绝求婚的事。矢吹接受了妹妹的批评，承认自己有做得不妥的地方。

接下来，我们看到的是一个典型的蒙太奇剪辑桥段，镜头不断在矢吹那边与星野这边交叉切换，类于正反打，形成一种巧妙而虚拟的互动和对应，表达了爱情的超时空的影响力。

先是在公司食堂吃饭的时候，星野见早坂部长又一次公开地骚扰凉子；这边矢吹开始在乐器店教学生弹琴。星野犹豫之际，想起矢吹说过的正义使者的话，站了起来；矢吹跟学生说要"克服困难"。星野走了几步又站住，矢吹在那边对学生喊"加油"。星野抬头往前走；矢吹对学生说"来，继续"。最终，星野勇敢地上前制止了早坂部长对凉子的骚扰。当然,他的课长也泡汤了。

这个极为典型的桥段,进一步强化了爱情对一个人的改变与重塑,讴歌了爱情的神奇力量。

这期间,矢吹去了一次乡下海边,那是过去她常与真壁去玩的地方。她这次去,可能也是想再去缅怀一次,好让自己慢慢从痛苦的记忆中摆脱出来。千惠就拜托星野开车去把矢吹接回东京。

回到东京后,为了表示感谢,矢吹主动约请了星野。

见面那天,因为男孩裕太父母正闹离婚,放学后没有及时来接他,矢吹就主动照顾他,她就把与星野见面的地点改在儿童公园,两人一起陪裕太玩。裕太实在调皮,许多双人游戏,他都抢着与矢吹两人一起玩,星野只能在一边看着,好不容易到摩天轮,星野提前用钱"贿赂"他,终于答应让星野陪矢吹一起坐摩天轮,他就到楼下超市玩。

坐摩天轮时有一个感人的细节。前面已交代,真壁有恐高症,有一次与矢吹出去玩,怎么也无法陪她到高处去。当两人从摩天轮上下来时,星野一直紧张的表情终于缓了过来,他告诉矢吹,他有恐高症。那一刻,矢吹一定会很感动,这个男人,有恐高症,却还是陪她去坐摩天轮!

星野与矢吹离开摩天轮,好不容易在超市找到裕太,超市工作人员却因为裕太偷了东西,把裕太带到办公室。急着赶过来的裕太母亲,一个劲地责怪矢吹没把裕太照顾好,把责任完全推在矢吹身上,并威胁以后不再学钢琴了。见此情形,星野挺身而出,反驳了裕太的母亲,认为小孩偷东西是要引起大人的注意,说明他需要更多的关爱。

爱的激励与影响,让星野已然成为一个勇敢而有担当的男人。

这件事总算顺利过去,裕太母亲第二天仍然带裕太到乐器店参加发表会。矢吹为了感谢星野,发表会后主动请星野吃饭。

两人离得更近了。

13

这次请吃饭,无疑是对剧情的一个极大推动,几乎是爱情发生的转捩点。编剧设计了一次"邂逅",当然,前面就已经对此作了铺垫。

两人吃完饭从饭店出来,星野去停车场开车时,意外地遇到了第一次相亲那个女人,就是那位婚礼上的"落跑新娘",她跟丈夫刚好来开车。两人认出了对方,尴尬地打了一下招呼。告别之前,星野可能是临时起意,也可能是一直有一个这样的阴影,就问当时她为什么从婚礼上逃跑。那女人就直言不讳地说觉得跟星野在一起不可能幸福之类,所以就反悔了,还问他是不是依旧一个人。星野一个劲地点头说"是的,谢谢,没关系"。一直待在轿车那边的矢吹看不下去了,她毅然走上前来为他解围为他架势:"我正在跟他交往！"

那对夫妻走后，矢吹动情地甚至生气地责问星野：

"你为什么不生气？你没有那么差，你很真诚，有很多优秀的品质，做什么总是先为别人考虑……"

这番话，既震撼了星野，也震惊了矢吹自己，她知道自己不知不觉已然被星野打动。

根据剧情一波三折的需要，编导在这里插入了一段似退还进的情节。

星野知道凉子会弹钢琴，就想让她教教他，凉子一口答应。星野到乐器店买乐谱和教材。星野到柜台付钱，小桃以为星野是以买乐谱为借口想见矢吹，看到星野总是一副被动的可怜样子，她可能也有些同情他，就临时想出了一个馊主意，骗星野说矢吹已经怀孕了。这可能是全剧唯一一个生编硬造的近于"狗血"的情节。为了让两人走到一起，编导们的确也是拼了。

小桃的原意可能是想让星野这边冷一冷，一个男人不要一直这么被动，晾矢吹几天，好让矢吹变得主动点。星野听到这个消息，就像被雷击中一样六神无主，连找回的零钱也忘了拿，就冲出了店门口。小桃愣在那儿，知道自己这个谎撒得有些大，刚好矢吹从二楼教室下来，小桃让她赶紧把零钱送给星野。矢吹赶到门外，星野已上出租车，矢吹喊他，车却从她身边一闪而过。

本来以为看到希望的星野，一下子又坠入痛苦与绝望，整个人就像生了一场大病。别人都以为他天天晚上到酒吧买醉，实际上，他偷偷到造路工地去加夜班，他想多赚些钱，等矢吹生孩子的时候可以帮帮她。矢吹从凉子那儿知道真相后赶到了工地。

矢吹："你打算挣钱养别人的孩子？"

星野："因为是你的孩子啊！"

矢吹："小桃的谎话你也信，我不是这么随随便便的女人！"

星野："啊………原来是骗我的。"

矢吹早已泪流满面，激动之下，终于情不自禁地说出了那三个字：

"我爱你。"

14

虽然对星野说出了"我爱你"，虽然那不完全是一时冲动。但矢吹依然没有彻底摆脱爱情的阴影与婚姻的恐惧。所以，她并没有答应星野的求婚。

在不久后的夜晚与星野见面的时候，矢吹当面对星野说出了内心的真实想法："我说我爱你，但并不能跟你结婚。我曾经深爱过一个人，可是我最终却没有等到他，我真的怕再失去，我不想……"

星野先是愣在那里，接着突然做了一个谁也想不到的动作,这个细节可以说是整部电视剧最硬核最关键的细节,它就像这场爱情之发生的临门一脚,极有想象力,当然,还与前面的相关剧情形成了呼应:

星野听完矢吹的话,看着她脸上流淌的泪水,突然离开街边,冲到机动车道,像一个木桩一样一动不动地站在马路中间,一辆货车眼看就撞到了他,在最后一刻停在了他的胸口边。

接下来,就是星野对矢吹说出的那番振聋发聩的话,这番话甚至胜过了前面的求婚词,这番话几乎不是用喉咙而是用全部生命喊出来的:

"你看到了,我不会死的!因为我爱你,我会让你幸福的!"

泪流满面的矢吹终于露出了爱的微笑:"给我幸福。"

到这里,双方的爱情的磁力完全咬合,爱情,真的发生了!

虽然后面还有类似的感人细节,比如在真璧的墓碑前,星野对矢吹说的那番催人泪下的表白,不过,那已经是对两人婚姻的推动力了。再后面电视剧还设计了一个长得像真璧的人,他的出现,让星野的婚姻之路陡生转折再起波澜,变得更为坎坷曲折。但星野凭自己的坚执与真爱,最终,不仅战胜了死去的真真璧,也战胜了活着的假真璧!

有情人终成眷属,两人的爱情与婚姻之路,在经历了无数阻滞与波折,渡过了九九八十一难之后,终于完美收官。

15

在这部电视剧中,星野就像打不垮捣不烂碾不碎的爱情铜豌豆,他对爱情的永不放弃的追求无疑是感人至深的。他能够那么全身心地投入进去,能那么执着,那么无怨无悔地爱一个人,把爱情看得比自己的生命还重要,为了矢吹他可以做任何事情,可以为了爱情改变并重塑自己,他甚至愿意为了爱情为了矢吹去死!这样的人,无论在生活中还在文学作品里,都绝对罕见。但这只是事情的一方面。

事情的另一方面是,我们必须看到或发现,那个看似消极被动的矢吹,在这场爱的发生过程中其实有内在的决定性作用。实际上,两人的作用几乎是对等的。星野之所以能这么去爱,恰恰因为矢吹是一个值得这么去爱的人;星野的努力最终没有落空,最终导致爱的发生,恰恰因为矢吹不仅是个孤单忧伤的女人,也是个不被金钱与长相等外在的东西所左右的女人,是一个经历过爱情并真正懂得爱情的女人。我们不妨设想一下,如果星野遇到的是一个嫌贫爱富者的女人,或是一个"外貌协会"的女人(这个时代身边到处是这样的女人),那么,星野即便再努力,再坚持,也一定只是给鸭子洒水——完全徒劳,爱情绝不会发生,相反,星野的努力将会演变为一个笑话,他越努力,越是一个笑话。所幸,星野遇到的是矢吹!这是特别关键的地方。

也就是说,在开始的时候,两个人的确天差地别绝无可能,可到了最后,为什么又能走到一起?这不是编导的一厢情愿胡编乱造,而是自有情理,自有内在的叙事逻辑与必然性:在相亲求爱的过程中,这两人已然被刷新被改变了,这两人已非开头那两人。不仅星野主动在改变自己,通过赌马变得果断(不像原来那么犹疑),通过阻止性骚扰而变得勇敢正义(不像原来那么懦弱),开导裕太母亲,变得有担当,他还为了爱因为爱学会了钢琴,等等,星野一直在朝这个方向在努力和改变,这一切,使他已经不是原来的星野,已经慢慢变成了值得矢吹爱的那个人。与此同时,虽说有些被动成分,矢吹其实也在这个过程中改变了,她慢慢开朗了,乐观了,爱笑了,不像原来那么孤单忧伤,她慢慢忘了真璧,渐渐走出了伤痛与悲剧的阴影。

所以,后面两个人已经有了相爱的可能和条件,已经不复当初。就像一个人不能走进同一条河流,因为人与河都变了;星野和矢吹也不是原来的星野和矢吹,他们之间的爱情,最后终于合情合理真实自然地发生了。

正如星野曾对千惠说过得那样,他不是个搞笑的人,不是个喜剧演员,这部电视剧的确不是喜剧或闹剧,完全是百分之百是一部爱情正剧。

整部电视剧内容扎实细节精彩,干货满满,编剧技巧娴熟高明,妙招迭出,富有想象力,叙事的节奏松紧有度,风格内敛,幽默风趣,引人入胜,扣人心弦,到处都是泪点,却绝无尿点。而以浅野温子为代表的演员的表演,则是该剧的一大亮点，是作品艺术魅力的坚实保证。总而言之，《101次求婚》是一部不可多得的经得起时间考验的优秀作品。

而在爱情的发生方面，《101次求婚》无疑是我所看过的最一波三折最曲折多变最丰饶有致的电视剧，没有之一。